私がフェミニズムを知らなかった頃

小林エリコ

晶文社

装画　惣田紗希
装丁　川名潤

まえがき

地球は太陽を中心にして、その周りを回っている。大地では、太陽は東からのぼり、西に沈む。水は高いところから低いところに流れる。この世の中には、当たり前のようにみんなが信じている事実がある。しかし、事実というのは、時間を経て、変わっていくものだ。地球は昔、平坦な大地が続いているだけだとされていた。しかし、後に地球は丸いということが分かってきた。ある時、地球は太陽の周りを回っていると唱えた人が現れたが、その人は嘘つきだと非難され、裁判にかけられた。真実を口にし、それを社会に訴えるのには、強い覚悟と勇気がいる。

私は、地球が太陽の周りを回っているのは知っていたけれど、この世の中で、女の方が男より地位が低いということにずっと気がつかないでいた。なぜなら、日本国憲法で法の下に国民は平等であると学校で習ったからだ。クラス名簿が男女別になっていて、先に男子が名前を呼ばれても、生徒会長がずっと男でも、校長先生や教頭先生がみんな男でも、男女は平等だと信じていた。小学生の時に買い与えられた赤いランドセルに疑問なんて微塵も抱かなかった。女の子は赤いランドセルを背負うもので、それ以外の選択肢などなかったからだ。

私は世の中が男女平等だと1ミリも疑っていなかった。しかし、それは全て間違いであり、それに気がつくのに私はとても時間がかかった。男女が平等でないと教えてくれたのはフェミニズムだった。フェミニズムを知った時の衝撃を例えるなら雷に打たれたような感覚とでも言えばいいだろうか。男女は平等でないというパラダイムシフトは私の中の壁を瓦解させた。

男女平等だと謳っている日本は、少しも男女平等ではない。日本で女性の首相が誕生したことはなく、女性は天皇にはなれない。女性は結婚したら夫の姓を名乗るのが当たり前で、結婚し、子供を産んだ後も、仕事を続けられるのは一部の人たちだけだ。私はそれを当たり前だとするのがおかしいということにやっと気がついた。

当たり前をひっくり返すこと、太陽は東から登るのでなく、西から登るのだ、と発言すること、それは勇気がいることだ。しかし、声を上げなければ、この不平等はこの先も続いていく。それは、私たちの代で終わらせなければならない。女だから、男だから、という枕詞は無くさなければいけない。その言葉に絡め取られ、不自由を感じているのは、女性だけでなく、男性も当てはまるからだ。
　自らの性別に囚われることなく、未来を選べるように。生きたいように生き、望む人生を送れるように。強く生きることができなくても、楽しい人生を送れるように。そのためにはフェミニズムが必要だ。でこぼこの社会を平坦にし、強いものと弱いものが肩を並べられる社会。そこに到達するために、私たちは学び続けよう。学びは学校の中あるのではない。フェミニズムは生活の中に、人生の中にある。

　この本には、私が女として生きてきた痛みや悲しみが書かれている。それはどこかの誰かとリンクする痛みだ。この本の中のどこかに、自分の姿を見つけてくれたら、それは私にとって、最上の喜びだ。あなたと苦労を分かち合えることは、私は一人ではないということなのだから。

私がフェミニズムを知らなかった頃　目次

第一部

01

父は王様、母は従順な家来

私がまだ幼稚園か小学校低学年くらいの年齢の頃。私はお父さんっ子だった。母よりも父が好きで、よく父の後をくっついて歩いていた。年に一回行く家族旅行で、大きなお風呂に入る時、私はいつも母と一緒だった。それが不満だった私は「お父さんとお風呂に入りたい。男湯に行きたい」と母に申し出た。しかし母は「やめておきなさい」と私に強く言った。なぜやめておいたほうがいいのかの理由は言わなかった。私は母の制止を振り切って父の後について行った。

男湯は当たり前だけど、男しかいない。服を脱いで、風呂場に入ると、男性の視線が私に集中した。稀有なものを見る彼らの視線が私に刺さる。私は体がビリリと緊張した。まだ、男性と女性の体の違いや、女性の体が男性にとってどんな意味を持つかもわからない年齢だけど、自分の体がこの男湯の中では特別な意味を持つ体らしいということが分かった。

そして、男性たちは私の股間を集中して見ていた。私はなぜ、股間なんて汚いところをずっと見るのか不思議でたまらず、気持ちが悪くなった。父の後をついて、体を洗うが落ち着かない。私は湯船にも浸からず、体を流した後すぐに、出口に向かった。父と一緒にお風呂に入りたいという子供の希望は見知らぬ男性たちの視線によってあっという間に潰された。お風呂から出た母と落ち合って、外に向かう。私はそれから、男湯に入りたいなどと口にすることは二度となかった。

私の兄は私より三つ年上だった。女の体が特別なものだと世の中で最初に教えてきたのは兄だった。

兄はずいぶんませていたと思う。兄は家の中にある父が隠し持っていたエロ本を探し出して私に見せてきた。まだ幼い私は漫画の中で、なにが行われているのかが理解できない。男女が絡まりあって何かしているという風にしか理解できず、むしろ、中身を見ても、話が見えてこない。ただ、兄にとってエロ本は重要な意味を持つものらしかった。

「これと似たような内容の本を家の中から探してこい」

妹である私は兄のいうことを聞いた。押し入れやタンスの中を丹念に探し、似たような本を見つけ、兄に報告すると褒められた。

「偉いな、エリコ」

学校でいじめに遭っていて、誇れる妹でない私にとって、兄からの賞賛は嬉しかった。エロ本探しは頻繁に行われた。見つからない時には兄は怒って、「よく探せ」と怒鳴った。私は怖くなって一度探した場所をもう一度探すが、目当ての本が見つからない。タンスの奥の方、押入れの布団の隙間。その本はそういったところに隠されていた。私には兄がそこまで執着する理由すらわからない。兄はどんな気持ちで私にエロ本を探させ、受け取っていたのだろうか。

兄とは小さい頃から一緒にお風呂に入っていた。しかし、ある時から兄の様子が変わった。兄は長時間私と風呂に入りたがり、私に嫌なことをするようになった。私はそれからお風呂に入れなくなった。小学校三年生くらいの時だと思う。入ったとしても一ヵ月に一回、父か母が入っている時を見計らって一緒に入った。私の頭はフケだらけになり、学校でのいじめは一層激しくなった。実際不潔だったし、臭かったと思うので仕方ないと思う。

母は私の髪を結わく時、フケがひどいので、口でふうふう吹いてフケを飛ばした。しばらくすると、おへその周りにボツボツとした吹き出物ができてしまい痒くて耐えられなくなり、母に訴えると病院に連れて行ってくれた。

しかし、処方された薬を塗ったり、飲んだりしても一向に良くならない。私は母と一緒にたくさんの大学病院を回った。大きな病院で何時間も待って診察をしてもらって出た結果は「不潔にしているからです。ちゃんとお風呂に入ってください」だった。大学病院にまで連れて行ってもらっているのに、お風呂にすら入れない私。なぜ、周囲の大人たちは私の異常に気がつけなかったのだろうか。

ウーマンリブがアメリカで起こったのが一九六〇年代。その時に、女性たちは家庭で行われている性虐待についてようやく口にし始めた。それまでは「家族が家族に性虐待を行う」ということはないものとされていた。家族に欲情するなど異常だからあるわけないとされてきたのだ。だが、それは男たちの都合だったのだろう。

性被害にあった女性たちはＰＴＳＤ（心的外傷後ストレス障害）の症状に見舞われていた。当時のアメリカではベトナム戦争帰りの男性たちがＰＴＳＤになっていたが、性虐待をうけた女性達は彼らと同じ症状を起こしていたのだ。性虐待を受けるということは戦争で前線に立つのと同じくらいの恐怖を受けるのだ。


父は帰ってくるのが夜の一二時近いこともあるが、九時くらいに帰ってくることもある。

「今帰ったぞ！」

玄関を開けると父はドタドタと大きな足音を鳴らし家に入る。小さな団地の廊下は数歩歩けばあっという間に居間にたどり着く。

「おい」

そう言って父は母に背広を脱がすように促す。父は決して自分で背広を脱がない。母も逆らうことなく背広を脱がせるとハンガーにかけた。父はシャツを脱ぎ、ズボンを脱ぐとすぐに風呂に行った。しばらくすると、風呂場の父から声がかかる。

「おーい！　エリコ！　背中流してくれ」

私は父の声に反応して、風呂場に向かう。父はドアを開けるとタオルを渡してくる。私は無言でそれを受け取り、父の背中を流す。

「もっと力を込めろ」

「脇腹もよく洗え」

「腰の方が洗えてない」

私は父のリクエスト通りに背中を流す。父の背中はとても広く大きい。肩のあたりにはニキビができた跡がたくさんあってデコボコしていた。まだ、小学三年生の私には大人の背中を流すのは大仕事だった。父は私にばかり背中を流させたが、兄は一度も流していない。家庭の中にまで侵食する男尊女卑の精神は私の体に深く刻まれていく。女が下で当たり前。女が不当な扱いを受けるのは当たり前。父の体を流し終わると、もう家族の食事が済んだのに、父のために台所に立ち、母が酒のつまみを作っていた。

風呂から上がった父が、

「今日も疲れた。もう、会社のやつらがバカで参っちまうよ。ビール出してくれ！」

母が冷えたビールを冷蔵庫から出す。うちはビールを酒屋からケースで買っていた。だから、ビールを切らすことはほとんどなかった。栓抜きでビールの栓を開け、母が父のグラスに注ぐ。それを飲み干す父は王様みたいだった。事実、この家で父は王様だった。私と母は従順な家来だった。

朝起きて、歯を磨き、顔を洗い居間に向かう。父はもうすでに会社に行ってしまっていた。テーブルの上にはキャベツを甘辛く煮たものと、納豆のパックが出ていた。母がもやしの味噌汁を注いでくれる。私はご飯を自分でよそうと食事に手をつけた。テレビのニュースを横目に箸を動かす。団地の階段を駆け下りると、同じ班の人たちが私を待っていた。学校に登校する時は、登校班の人たちと一緒に向かう。教科書が詰まった赤いランドセルはずっしりと重くて肩が凝る。今思うと、なぜ女子のランドセルは赤で、男子のランドセルは黒なのだろう。大人達は勝手に私たちに線をピーっと引いていた。子供の私たちは何も疑うことなく、その線が引かれた場所からはみ出ないようにしていた。

学校では名簿が男女別だった。そして、名前を呼ばれるのは男子からで、そのあとが女子。男子と女子で列を作って、整列をした時、先に行くのが男子、後から行くのが女子。当たり前のように行われているので、それが不当なことだと全く気がつかなかった。知らないうちに、男子が先で、女子が後、という概念が体の中に刻まれていく。私の体には女が二番目という意識が少しずつ積み重なっていった。そして、男子はきっと自分が一番だという意識が育っていったのだと思う。

学校で女子だけが集まって、生理について学ぶ時間が設けられた。男子はその間、外で遊んでいいことになった。「男子はいいなー」と女子が口にする。実際男子は授業がなくなったので楽しそうだった。男子はボールを手にしてわらわらと校庭に散らばっていった。

教室に女子だけが集まって、月に一度訪れる生理について先生に教わる。子宮の内膜が剥がれ落ち、それが血液になって膣から流れ出る。自分の股から月に一度、血が流れ出るなんて結構なホラーだ。そして、痛みを伴うらしいということも知った。最後に、みんなに生理用品の試供品が配られた。私はナプキンを手にしながら、こんなものがあるなんて女の体はなんてめんどくさいのかと絶望的な気持ちになった。一ヵ月に一回、一年に一二回もある生理。しかも大人になってもずっと続く。何十年もあるのだ。プールにも公衆浴場にも入れず、痛みを伴いながら、血を流す。なんて、不自由な体。その日の学校の帰り道はズシンと体が重くなった気がした。これから先、何十年ものことを考えると暗澹たる気持ちになった。

生理について学んでから一年くらい経った頃、トイレに入ると、下着に茶色くてドロドロしたものがついていた。私はびっくりして、下着を脱ぎ、風呂場で洗った。そして新しい下着に履き替えるのだが、しばらくするとまた、茶色いドロドロしたものがべったりとついているのだ。自分で知らないうちに下痢になったのだろうか。しかし、便意は全くない。私は一人で五回くらい下着を変えた。そして、これは何か異常事態だと思い、母に伝えた。

「お母さん、なんか茶色いものが下着につく。取り替えても治らない」

テレビを見ていた母は立ち上がり、私の下着を覗いた。

「ああ、生理ね」

なんてことない風に言った。その一方で私は激しいショックを受けていた。とうとう私にも来てしまったのかという絶望感。そして、この茶色いものが生理だという驚き。どうやら初潮の時は真っ赤な血が流れるものではないらしい。母は自分が使っているナプキンを渡してくれた。使い方を母はゆっくり教えてくれた。

「このテープを剝がして、下着につけるのよ」

母の手元をじっと眺める。

「捨てる時は、トイレットペーパーに包むんでしょ。学校で教えてもらった」

私が言うと
「ティッシュがもったいないから、テープの部分についてる紙を使いなさい。そうすれば無駄がないでしょ」

母の言葉を聞いて納得する。

私は綿が詰まった四角いナプキンを下着につける。初めてつけたナプキンはゴワゴワして落ち着かない。「一年や二年で終わるものではない。母の年齢を考えると四〇歳くらいまであるのかもしれない」と考えたら怖くてたまらなくなった。左の脇腹がジンジンと痛む。初潮を迎えたらお赤飯を炊くという風習があるが、母は炊かなかった。私は別にそれで良かった。めでたくなんてなかったし、父や兄に知られるのも嫌だった。大人になった喜びよりも、子供時代が終わった絶望感の方が大きかった。

02

脂肪よりも筋肉が欲しい

生理が来て、子供時代が終わると、すぐに中学時代がやってきた。中学校の制服のサイズを測るため、保健室で一列になってウエストや身長を測る。しばらくすると制服が届いた。私たちの小学校は卒業式を中学の制服で迎える。女子はセーラー服。男子は学ラン。届いたばかりの深い紺色のセーラー服を着てみた。赤いネクタイを胸元で縛る。少し大人になった気持ちがして嬉しかった。

この頃、街中にはコンビニが増え始め、私たちの日常は急速に便利になった。そして、コンビニの本棚には私と同じセーラー服を着た女の子が表紙にいた。卑猥な言葉とともに、スカートを捲り上げ、ブルマーを見せていた。私は自分の着ている制服がこんな意味を持っているということに驚いた。中学生や高校生はどう考えても子供だ。子供に欲情するこの国の男はおかしいのではないか。しかし、その考えを誰にも言うことなく、ただ、その雑誌の持つ意味を自分の中にしまった。私は気をつけなければいけないということだ。

紺色のセーラー服に袖を通し、白いネクタイを結ぶ。行事の時は赤のネクタイでなく、白のネクタイを結ぶのがしきたりだった。四月を迎えて、黒の学生カバンを持ち、入学式に向かう。校庭の桜は満開で、学校が嫌いな私でも少し嬉しくなってしまう。一陣の風がそよぐと弱々しい桜の花びらがふわりと宙を舞う。体育館に集まり校長先生の話を聞く。新しい制服、新しい学校、新しいクラスメイト。けれど、私の胸はあまりときめいていなかった。小学校からの人が全てなだれ込んでくるので、そんな新鮮な気持ちになれない。ただ、いじめられなければ良いと願っていた。

私は小学校高学年の頃から激しく胸が痛くなった。第二次性徴というもので、胸が膨らみ始めていたのだと思う。時々机に胸をぶつけると、あまりの痛さに動くことすらままならない。じんじん痛む小さな胸。痛むわりには私の胸は大きくならなかった。

初夏になり、夏服に変わった。ジャンパースカートに白いシャツを着て、制服も爽やかになった。体育の時間になると、うっすら女の子たちの下着が透けて見えた。私はこの頃、まだ、ブラジャーをつけておらず、タンクトップの上に体操着を着ていた。しかし、そんなのは私ぐらいで、そろそろブラジャーをつけなければならないと思うと少し憂鬱だった。

私は自分からブラジャーをつけたいと母に言わなかったのだが、母の方から「ブラジャー買いに行きましょうか」と言われた。母と一緒に駅前のイトーヨーカドーへ向かう。下着売り場にはたくさんのブラジャーが花畑みたいに並んでいた。ピンク、水色、白。レースやリボンで飾られたそれらは綺麗だけれど、私とは無関係な感じがした。

母は店員さんを呼んで私の胸を測った。私の胸はブラジャーが必要だと思われる大きさではなくて、ほんの少しふっくらしているだけだった。母は大人向けでない子供向けのブラジャーから一番小さなブラを店員さんと話しながら選んだ。私は促されるままブラジャーをつけた。胸が締め付けられて苦しいし、アンダーバストの感触がごわごわして気持ち悪い。そんな私の考えをよそに母は「これがちょうどいいわね」と言って、そのブラジャーを買った。

私はそのブラジャーを一度つけて学校に行ったけれど、ブラジャーの違和感が気持ち悪くて勉強に集中できなくなり、つけるのをやめた。それに、女子が男子からブラジャーの紐を引っ張られてからかわれているのを見て、怖くなってしまった。あんな風に馬鹿にされたくない。それに、胸の大きな子には必要な下着だと思うけれど、私には必要ない。私の体は大きいけれど、痩せ気味で体に肉感が全くなかった。


クラスの男子が女子を性的な話題でからかうようになった。

「セックスって知ってるか」

ニヤニヤしながら女子に聞いてくる男子。何が楽しいのかわからない。女の子はシカトするか、ぶっきらぼうに「知らない」と言った。そうすると男子は「本当に知らないのかよ！」と言ってゲラゲラ笑う。私は聞かれたらどうしようと怖かった。私はセックスを知っていた。

小学生の時、兄にアダルトビデオを見せられていた。その時はあれがなんなのか分からなかったのだが、最近になってあれが何を意味していたのかがわかるようになってきた。父が隠し持っていたエロ本、兄が持っているエロ漫画。その中で行われていることの意味がはっきりわかってきていた。

クラスでは目立たない私にもその順番が回ってきた。

「小林、セックスって知ってるか？」

下品な顔をした男子が私の顔を覗き込んで聞いてきた。

「知らない」

私は毅然として答えた。なんでこんな下品なことを聞くことができるのだろう。そして、なぜ、私はこんなにも嫌な目に遭わされても相手を非難することができないのだろう。一発ぶん殴ってやりたいとも考えたが、中学生になって、男子の体つきは男らしくなってきた。女子の方が成長は早いが、女の体は大人になると筋肉でなくて脂肪がつく。私は脂肪よりも筋肉が欲しかった。強い体の方に憧れた。

中学二年生になって、母に塾に行ったらどうだと言われた。地元に根付いた学習塾があり、そこには兄も長いこと通っていた。勉強は学校だけで十分だと思っていたのだが、私は数学が全くできなかった。数学や英語は基礎の積み重ねが重要で、基礎がなっていない私は落ちこぼれだった。

塾に通い始めると、禿げた数学の教師から声をかけられた。

「勉強を特別にみてやる。授業が終わったら教室に来い」

私は行こうと思ったのだが、なんとなく気が進まなくて、約束の時間に少し遅れた。そうしたら、教室はしまっていた。家に帰ると兄が話しかけてきた。

「数学のハゲの先生いたろ。あの人に見捨てられたら終わりだぞ」

私はビクッとした。私はしばらくして、ハゲ先生に謝りに行った。ハゲ先生は「俺のアパートで生徒を教えているから空いている日に来い」と行った。私は塾のない放課後、ハゲ先生の家に教科書とノートを持って訪れるようになった。


ハゲ先生の家は部屋が三つほどあり、独身にしては広いところに住んでいた。私以外にもハゲ先生に勉強を教わっている子達がいた。私も教科書を広げて勉強を始める。

「どうした、わからないのか」そう言って笑顔で女の子の胸を触りながら声を掛けるハゲ先生。よく見ると、この部屋には女の子しかいなかった。そして、何人もの女の子が胸を触られていた。女の子は「やめてよー」とケラケラ笑いながらハゲ先生をいなす。そんな状態で勉強が行われていた。

私もハゲ先生に胸を触られたが、他の子と同じように笑いながら「やめて〜」と言った。

そうするのがここでは正しい気がした。そして、ハゲ先生の勉強の教え方はうまかったので、学校で最下位の方だった私の数学の成績は上がり始めた。

同じ塾で、一緒にハゲ先生に教わっている同じ中学の紀子ちゃんと仲良くなった。紀子ちゃんはテニス部だった。学校でたまに会うと、おしゃべりするようになった。紀子ちゃんはテニス部の顧問が厳しくて嫌だとこぼしていた。ある日、嫌な噂が耳に入った。紀子ちゃんが顧問に殴られて耳の鼓膜が破けたというのだ。テニスの試合で負けたことが原因らしい。

「あの顧問、マジで最悪」

紀子ちゃんと同じテニス部の子が口にした。

「そうだね、マジで最悪」

私もそう口にしながら、心の中はぐちゃぐちゃしていた。耳の鼓膜が破れるほど殴るなんてよっぽどのことであるし、これが学校の外で行われたら大きな事件だ。大の大人が中学生女子を殴って怪我を負わせたのだから。しかし、学校の外に出ない限りはおおごとにはならない。私は「マジで最悪」と心の中でもう一度呟いた。紺色のセーラー服は私たちから権利や力を奪う呪いの衣装みたいだった。

学校が終わると塾がない日はハゲ先生のアパートに向かった。ハゲ先生が作った教材をコピーしてみんなに渡してくれる。わら半紙に向かってシャーペンを走らせる。子供である私たちの仕事は勉強だった。ハゲ先生の家は楽しかった。そこいら辺にあるスナック菓子を食べても怒られないし、冷蔵庫の中のジュースを開けても何も言われない。中学生女子である私たちは勉強に疲れると、お菓子を食べて雑談をした。ハゲ先生は用事があって家にいないことも多かったので、鍵をもらった生徒が勝手に入ったりもしていた。

私と紀子ちゃんは二人でよくハゲ先生の家に行った。勉強もしたしおしゃべりもたくさんした。ハゲ先生は胸の大きい紀子ちゃんがお気に入りで、よく胸を触っていた。四十過ぎのおっさんが中学生の胸を触って笑っている。今思うと恐ろしい光景だと思う。だけど、中学生の私たちは笑って先生を許していた。私たちは子供だけど大人にならないといけなかった。男の人のすけべな行いを笑って許せるのが大人の女なのだ。だけど、私は次第にハゲ先生が許せなくなっていった。本当は胸なんて触らせたくない。これは私の体なのに、なぜ、好きでもない男の人に勝手に触られなければならないのだろう。

「小林さんの胸はちっさいですねえ」

ハゲ先生が笑いながら私の胸を触った。

「やめて!!」

私はハゲ先生の手を振り払った。ハゲ先生はビクッとして手を離す。

「おー怖い。どうしたんですか」

ハゲ先生は笑いながら、私を見る。私は何も言わなかった。そして、ノートにシャーペンを走らせた。思えば、私は早く、ハゲ先生のアパートから出たかった。けれど、学校の勉強だけでは追いつかなくて、仕方なく、ハゲ先生に教えてもらっていた。塾は有料だが、ハゲ先生の家で教えてもらう分にはお金はかかっていない。私は体を差し出す代わりに勉強を教えてもらっていたのだと思う。ハゲ先生の家通いが長くなると、ハゲ先生の行為はエスカレートした。

「実物、見たことないだろ」

と言ってコンドームを渡してきた。私と紀子ちゃんは驚きながら、笑いあって、袋を開けた。コンドームはベトベトしていて気持ち悪かった。クラスで男子が笑いながらコンドームの話なんかをしていたけれど、それとはまた違う気持ち悪さだった。まだ私たちには遠いものである避妊具を目の前に晒されるのは恐ろしかった。

他にも映画の中のセックスシーンを見せてきたり、春画を見せてきたりした。ある日、ハゲ先生と私しか、家にいない時、ハゲ先生に聞かれた。

「小林は、オナニーしてるのか？」

私は嫌悪感を感じながら答えた。

「してないです」

ハゲ先生は笑いながら、

「じゃあ、小林さんのおまんこは綺麗なピンク色なんですね」

ニヤニヤと笑うハゲ先生。私はしばらくしてその場を立ち去った。男から性的な言葉を投げられても耐えなければいけない。それは中学生であろうが当然のことなのだ。

ある日、ひどい腹痛に襲われ、母に訴えた。

「お腹が痛い、すごい痛い」

私は中学生の時、謎の腹痛によく襲われていた。思えばストレスが原因だと思う。母がタクシーを呼んでくれて、大きな総合病院に連れていってくれた。脂汗を流し、呻く私を看護師はベッドに運んでくれた。

しばらく横になっていると、医者がたくさんの看護師を連れて診察に来た。頭髪が薄い、中年の医者は私の腹部を触った。腹部を押した後、すっと私の下着の中に手を入れ、私の陰部に手を忍ばせ、隠毛をくしゃりとさわった。私は身体中の血液が凍ったように感じた。

え？　なに？　何が起こったの？　頭の中がたくさんのクエスチョンマークでいっぱいになる。たくさん看護師もいるし、そばには母もいる。なのに、なんであの医者はこんなことをするの？　それとも、下着の中に手を入れたのは何かの検査？　私は生まれてくる疑問符を処理できない。そばにいる母にも聞くことができなかった。

私は仕方がないから、このことは私の思い違いで、きっと触診の一環なのだと思うことにした。陰部と腹部は全く違うものであると分かりながら、触診なのだと信じ込んだ。下腹部はじんじん傷んだままだった。

03

母のようにはならない

中学二年になってからは、いじめに遭うようになった。私は大多数の女の子のように群れるのが苦手だった。トイレも一人で行くし、移動教室の時も一人で平気だった。むしろ、羊のように群れながらみんなと移動するのが苦痛だった。一人で行動するのは、仲のいい友達がいなかったせいもある。そうこうしているうちに私はクラスの中では下流の人間と位置付けられた。

中学生になった女の子たちは容姿の変化が現れた。アイプチをまぶたにつけて目を二重にするのに必死な子もいれば、授業中にこっそり爪を磨いている子もいる。ファッション誌を休み時間に開いて、どの服が好きだとか、アイドルの誰がいいとか、みんなそういう話をしていた。私はその話に全く入れなかった。お洒落な洋服を着たいとは思うけれど、目が悪くてメガネをかけていた私は、ファッション誌に載っているような洋服を自分が着こなせる気がしなかったし、アイドルにたいしてもあまり興味が持てなかった。

小学生の時、光ＧＥＮＪＩがものすごく流行って、みんな誰が一番好きかという話をしていたけど、私は一番好きなのが誰かを言えなかった。私はセンターの諸星くんが一番いいなと思っていたけれど、自分のような人間が一番目立つ人を好きになるのはいけない気がした。私はクラスメイトに一番好きなのは誰かを聞かれると、一番人気のなさそうな人を指差した。それに、友達たちがグッズを買ったりして熱狂しているほど諸星くんのことも好きじゃなかった。

アイドルに興味を持てない私はアニメの男の子たちの方が好きだった。アイドルの男の子たちよりも清潔でカッコいいと思った。何しろ彼らはこの世に存在していない。歳をとらず汗をかく事もない彼らは住んでいるのも違う次元だ。絶対に私を脅かさない彼らに安心を覚えていた。

容姿に力を入れている女の子たちは「見られる」存在であることを悟ったのだと思う。可愛い女の子はそれだけでクラスの人気者になれるし、それに付随して力を得ることができる。そして、力の強い男も得ることができる。可愛い女の子はバスケ部のカッコいい男の子と付き合っていた。私が好きなのは二次元のアニメキャラクターだから彼らに「見られる」ことはないし、付き合うこともない。だから、私は容姿をあまり気にしなかった。それに、女の子らしい格好が好きになれなくて、男の子っぽい服装を選んでいた。なんとなく、ヒラヒラしたスカートが履けなかった。

小学生の時、母が作ってくれた派手な柄のスカートを履いていったら、クラスのリーダー格の子から喧嘩を売られたことがあった。本当はスカートが好きだったのかもしれないけれど、好きじゃなくなったのはそれが原因かもしれない。私は母が作ってくれたスカートを履いた時、少し嬉しかったのだ。でも、私のような人間は目立ってはいけない。私はスカートをやめてジーンズやズボンばかり履くようになった。もしかしたら私は周囲の女の子から女らしさを剝ぎ取るように強要されたのかもしれない。

中学生の時の私は、眼鏡をかけて絵ばかり描いている人間だったので、日陰の人間だった。クラスメイトに蹴られたり、馬鹿にされたりしながら学校に行っていた。美術部には一応在籍していたが、たまに顔を出す程度で熱心に活動はしていなかった。重い学生鞄を手にして、紺色のスカートを蹴飛ばしながら一人で家路を辿る。学校にはまだたくさんの生徒が残っていて部活をしているけど、私はどうでもよかった。早く家に帰りたかった。

団地の階段を駆け上がり、家に辿り着く。パートから帰ってきた母が洗濯物を取り込んでいた。母が取り込んだ洗濯物をたたみ始めるのを見て、私も手伝った。家事という永遠に終わらない雑事をこなす母はすごいと思う。家が汚くなれば掃除機をかけ、汚れた洗濯物を洗う。家事とはマイナスになったものをゼロにする行為だ。だから誰も褒めてくれない。ゼロで当たり前。マイナスになっていたら家族に怒られる。私は小学生の時、家事ができていない母を叱ったことがある。台所にかかっているタオルがいつもビチャビチャで不愉快だったのだ。「タオルがビチャビチャになったらちゃんと変えて！」

子供の私は母に言った。そうしたら母はその場で泣き崩れた。私は呆然として母を眺めるしかなかった。子供である私は全てを母に委ねていた。母は家族のケアをするのが当然で、家族に快適な環境を提供し続けるのが母の役割だと思っていた。だが、母は人間であり、快適な空間を提供し続けるロボットではない。疲れもするし、不満だってある。私はそういった母の心情を理解できるほど大人ではなかった。そして、私の父親は一切家事をしなかった。

なぜ、男ばかりが家事から解放されているのだろうか。家庭という会社を回すために母と一緒に共同経営者として、どうやって家事を分担するのが良いか、家計をどうするか、いろんなことを一緒に考えるべきなのに、父は「俺は金を稼いでいる」の一点張りで一切家事に手は出さない。母は北海道から上京してきて、東京で働いていたが、父との結婚を機に退職し、今はパートで働いている。母の時代は結婚したら仕事をやめるのが一般的だったからだ。しかし、現在でもそれはあまり変わっていない。全ての女の仕事は腰掛けであると、その後上野千鶴子の本で読んだ。本当にその通りかもしれない。私たち女にはガラスの天井があり、どうやっても上にいけないようにできている。子供ができたら退職を促される。

前に街中の喫茶店にいた時、こんな会話が耳に入った。

「もう結婚して一年だっけ。どう最近？」

三〇代前半くらいの女性が同じ年頃の女性に話しかけている。
「ちょっと嫌なことがあるのよね。会社の飲み会で、私がお酒を飲んでいるかどうか上司がチェックしてるのよ。妊娠しているのかどうか気にしてるんだと思う」
なぜ、子供を産んだら仕事を辞めなければならないのだろう。能力があり、本人にやる気があるなら続けさせるべきではないか。それに、仕事を失って困るのは女なのだ。男に生活費の全てを出してもらうことは女にとって力を失うことに直結する。夫が暴力をふるったり、浮気をしたりして家を出たいと思った時、お金と仕事がなければ家を出れない。

私はパートタイムで働く母の横で軽く絶望していた。私は母のようにはなるまいと考えていた。父は母に給料の半分くらいしか渡しておらず、いつも家計は火の車だった。家が貧乏だというのは子供の私にもひしひしと伝わっていた。小学生の時、母が持ってきた内職の仕事を一緒にしたことがある。政治家の広告チラシを二つ折りにする仕事で簡単だったので私も手伝った。お茶碗をひっくり返してその縁で綺麗に折り目をつける。一枚一円にもならない仕事を文句も言わず二人で仕上げた。父はこれを知っていたのだろうか。知っていたら自分を情けないと責めただろうか。

結婚した女の不幸は仕事がないこと、男女の賃金格差があることに起因している。女が男と同じくらい稼げればほとんど全ての問題が解決する。DVをはたらく夫からはすぐに逃げられるし、離婚をしても一人で生きていける。シングルマザーの貧困が騒がれているが、シングルファーザーの貧困は耳にしない。ネットで男女の賃金格差の表を見るとその差に唖然とする。女であることで男より能力が劣っていることなどないはずなのに。

母とタオルをたたみながら、テレビに目をやる。国会中継が映っている。国会の椅子に座っているのはほとんどが男たちだ。中年の白髪混じりの男たちが不機嫌そうな顔をして柔らかそうな椅子に座っている。国の中枢がほとんど男なら、男たちに都合の良い法律ばかりできて当然じゃないか。母はたたみ終わった洗濯物をタンスにしまうと台所に向かって晩御飯の準備を始めた。

私はのろのろと勉強机に向かって今日の宿題を片付けることにした。中学に入ってから、あまり勉強についていけなくなった。なんとか中の上は保持しているが、小学生の時より成績は落ちた。数学はついていけないし、英語も最近わからなくなってきた。

勉強ができないのは心身の不調が大きかった。体が痛かったり、胃が張って気持ち悪かったり、肩こりが激しかったりして、学校を休むことが多くなった。最初のうちはクラスメイトにノートを借りて写していたが、徐々に辛くなってきた。風邪をひいて一週間も休んでしまうと、机の中はプリントでいっぱいになっていて、どこから手をつけたものかと悩んでしまう。心身の不調は主にストレスから来ていた。塾のハゲ先生や、学校でのいじめ、先生との不和。正直、こんな状況下で良い成績を取り、毎日元気よく過ごすことなど不可能だ。

なんとか宿題を終わらせると、夕食ができていた。兄も帰宅して、テーブルについている。「いただきます」を言って食事に手をつける。父の顔はここのところ見ていない。私が起きた時に出て行き、私が寝たあとに帰ってくるからだ。深夜一二時近くなると激しい物音で目が覚めるのが日課だった。

父と母はいつも怒鳴りあっていた。「具合が悪い」という母に向かって「じゃあ、救急車を呼べ！」と酔った父が救急車を呼ぼうとした。「やめてよ！」と父に向かって泣き叫ぶ母。私はこんなやり取りを毎晩する二人がなぜ結婚生活を続けているのか謎だった。

ここには幸せや安心といったものがない。毎日、恐怖と支配で脅かされている。二人の怒鳴り声を聴きながら、「私は母のようにはなるまい」と誓った。絶対結婚するものか。結婚したら女はおしまいなんだ。だが、女が一人で生きることがどれだけ難しいかをこの時の私は知らなかった。

04

この国の男たちは狂っているのかもしれない

兄と私は部屋が別々だ。小学生の時は一緒だったが、夜になって兄から嫌なことをされる日々が続き、その最中に両親が部屋を訪れて兄の悪事が発覚した。その時、私は兄といた部屋から出されて、父と母が寝ている部屋に移動させられた。その後、父と母は兄を怒鳴り、足で蹴っ飛ばした。ずいぶんひどく叱られたようだが、特に警察に突き出されるでもなく、兄だけどこか別の親戚に預けられるようなことはなかった。ただ、寝るときの部屋が別々になっただけだった。

私は一人で眠るようになってから、悪夢にうなされるようになった。お化けが見えたり、脂汗が額を流れ、泣き出したり、騒ぎ出したりした。大人になってからある医師に「複雑性PTSD」だと言われた。複雑性PTSDとは主に家庭内での性的虐待を受けた人に付けられる病名だ。まだ十代で、人生がこれからなのに、私は兄によって傷つけられ、精神がおかしくなった。それでも必死に学校へ通っていたが、病気のせいか勉強にあまり集中することもできず、成績は伸び悩んでいた。部屋が別々になってからも、兄は時々私の部屋にやってきた。寝ている私の布団をめくり、私の下着を下ろそうとするのだ。お風呂からあがった後も、よく私の裸をのぞき見していた。母に何回か訴えたが、取りあってもらえなかった。

そんな日々を送っていたが、私は、学校から帰ると兄の部屋に入り浸っていた。兄は部活に入っていて、帰るのが遅いので、その間に兄の部屋にあるゲームをずっとやっていたのだ。兄の部屋にはテレビとビデオがあり、ゲーム機もあるが、私の部屋には何もなかった。兄妹というものは決して平等にはしてもらえない。お年玉も兄の方が倍もらうし、何かと言えば兄が優先だった。兄の部屋でゲームをやって飽きてくると、兄の部屋にある漫画を読んだ。

ふと、兄の部屋にある家具の扉を開けてみたら、そこには大量のエロ本が積み重なっていた。子供の頃、兄に探すように言われていたが、当時はなんだか分からなかった。私は好奇心で一冊を手に取った。「校内写生」というタイトルでエロなのかどうか判断がつかない。ページを開くと女の子がブルマー姿にさせられて、そのブルマーの匂いを体育教師が嗅いでいた。エロというより変態だと思った。性的興奮よりも嫌悪感の方がまさった。

他の漫画も開いてみると、胸や下腹部があらわになり、セックスをしている男女の姿があった。私は下腹部が熱くなるのを感じた。自分の中の性欲を感じたのはこの時が初めてだった。それと同時に兄が私にしたことの意味が次第に輪郭を増してきて、私は自分の欲望とうまく付き合うのが難しくなった。汚いことであり、憎むべき行いなのに、私はそれを欲している。もちろん兄に対してではないのだが、性欲があることが汚らしく思えた。


中学二年の文化祭の時、三年生のクラスがお化け屋敷をやった。

「あのクラスのお化け屋敷すごいらしいよ」

クラスメイトたちがそう言っていたので、私は入ってみることにした。クラスの中に仕切りを作り、柳の枝や生首などが飾られていて確かに手が込んでいる。そして、時々、血糊がついた和服を着て仮装した上級生がお化けとして襲ってくるので、思わず声を上げてしまう。そんな感じで歩みを進めていると、自分の足元から男性の顔が出てきた。ライトで照らされた男の顔が真下から私を見上げている。どうやら透明のプラスチックの板を敷いて、その下に隠れていたらしい。

相手はお化けとしてこちらを脅かしているのだろうが、私は怒りと恥ずかしさでいっぱいになった。真下から覗いたらスカートの中が丸見えじゃないか。私はこのお化け屋敷に悪意を感じた。

クラスの担任やクラスメイトに伝えたのだが、みんなどうってことない表情を浮かべていた。みんな自分のスカートの中を意図的に見られたことに怒りを感じないのだろうか。私は誰からの同意も得られなくて、うんざりして座り込んだ。

文化祭当日の学校はお祭り騒ぎで私の怒りはクラスメイトの嬌声にかき消されてしまった。文化祭が終了して体育館で、出し物の順位が発表された。一位はまさかのお化け屋敷だった。私はちょうど隣にいた担任に声を荒げて話しかけた。
「あの出し物、スカートの中を覗いていたんですよ！」
男の担任は聞こえているのかいないのか、ニヤニヤ笑っているだけだった。この中で怒っているのは私だけのようだった。

三年生になり受験勉強が始まる。私は相変わらずハゲ先生の元に通っていた。苦手な数学で点を取るにはここに通うしかなかった。胸を触られながら勉強を教えてもらう。私は自分の肉体を差し出す代わりに勉強を教えてもらっていた。苦しかったし、情けなかった。しかし、その甲斐あって第一志望の県立高校に合格した。中学ではいじめに遭っていたので、遠くの高校に通えることになってホッとした。同じ中学からは一〇名に満たない程度しか進学しないのだ。ただ、電車通学と、駅から三〇分かかる自転車通学が憂鬱だった。

高校生になった。中学校はセーラー服だったけれど、高校からはブレザーになった。少し大人になれたようで嬉しい。そして、高校入学と同時に肩まであった髪をベリーショートにした。切ってくれた美容師さんは「お客さんはショートが似合いますね」と言ってくれて嬉しかった。

ショートヘアの私はまるで男の子みたいだった。でも、それがなんだか気に入った。女だけれど男に見える自分に安心していた。思えば私は自分が女であることをずっと嫌悪していたのだ。勝手に触られる胸、勝手に覗かれる体。私の体なのに男たちはまるで自分のもののように扱う。私は男に見られたかった。男に見られれば、女であることで起きる厄災から逃れられるのだと思ったからだ。周りの女の子たちは髪の毛を伸ばし、爪を綺麗にし、うっすら化粧をしているのに、私は真逆をいっていた。


高校に通うようになって、なんとなく、同じ中学出身の子たちと駅で待ち合わせて、通学することになった。髪が長くてとびきり可愛い女の子と、私の卒業アルバムに「ブス」と書いた女の子、中学で友達になった子と通うようになった。朝のホームはとても混んでいるほとんどがグレーのスーツを着たサラリーマンで、学生服がパラパラと散らばっている感じだ。私たちは下りの電車なので、電車内はそこまで混んでいなかった。多少の余裕があって、友達とおしゃべりに興じることができた。

ある時、中学のクラスメイトにたまたま会って、立ち話をしていたら、その子は家に遊びにおいでよと言ってくれた。中学の時はその子の家に遊びに行ったことがなかったので、ちょっと驚いた。家に上がってジュースとスナック菓子を開ける。

「ねえ、エリコちゃんは電車で痴漢にあってない？」

突然、そう問いかけられた。

「えー、私は友達と通っているんだけど、まだあってないよ」

ポテトチップスを手にしながら答える。

「いいなー。私はもう、毎日だよ！　上りの電車は本当にギュウギュウでさ。そのうち、気がつくと、スカートがどんどん上に上がっていくの。最初なんでなのかと思ったけど、周りにいるおっさんの仕業なんだよね。他にもお尻とか揉まれたりするよ。本当に憂鬱だよ」

サイダーを手にしながら友達が声を荒げる。

「えー！　やっぱり痴漢って本当にいるんだ。駅員さんに突き出すとかできないの？」

私は驚きながら答える。

「いやー、それは無理だよね。体が完全に密着する電車の中で、どれが犯人なのかわからないし。やっぱり怖いし。それに、駅に着けば解放されるから。頑張って耐えてるよ」

私は同じ年の女の子が見知らぬ男性から毎日、体を触られていることが怖かった。痴漢の存在は知っているけれど、それが現実として目の前に現れると思っていなかったのだ。

痴漢は確実にいる。そして、まだ一五歳の女の子がそれに耐えている。理不尽、という言葉が頭をよぎったが、私もずっと耐えてきたことに気がつく。私たち女はとても早い段階から男たちの悪さをずっと耐えてきている。なぜ、耐えなければならないのか、なぜ、我慢しなければならないのか。たくさんの「なぜ」が湧き出て止まらない。それに対して「女だから」という答えにもならない答えしか出てこない。私は憂鬱な気持ちで友達の家を後にした。

それからも電車通学は続けていたが、痴漢の被害にはあわなかった。ただ、一緒に通学しているとびきり可愛い子を別の高校の男子生徒が笑って見ていた。

「なんで、あいつら笑ってんのかな」

私がイライラしながら言うと、

「あ……！　これだ」

そういって可愛い子はバッグから紙切れを取り出した。それはエロ本の一部で、女が裸になって腰をくねらせていて、背景には下品な文字が舞っていた。多分、あの男子生徒が入れたのだろう。

「超ムカつく！」

私の友達はそれを可愛い子から奪い取ってホームのゴミ箱に捨てた。可愛い子は「あはは」と力無げに笑った。全く知らない男性からの性的嫌がらせ。これを耐え続けるのか。いつまで？　自分に問うたが答えが出ない。

学校での授業が終わり、駐輪場に停めてあった自転車に鍵を差し込む。部活に入っていない中学の友達と待ち合わせて一緒に帰る。学校から駅までは三〇分近くかかり、人気のない畦道や田んぼの道を延々と漕ぎ続けなければならない。友達と一緒に自転車を走らせながら、くだらないおしゃべりを続けていた。その時だ、突然草むらから男性が現れた。その男性の下半身は素っ裸だった。男性は私たちを見ると大きめの声でこう言った。

「これが君たちのおまんこに入るんだよ〜〜〜〜〜〜〜」

私たちは声を上げることもできず、ひたすら自転車のスピードを上げた。怖い、怖い、怖い。息を切らしながら必死に逃げた。この国の男たちは狂っているのかもしれない。しかし、痴漢や露出行為が男性から女性へのものばかりだと考えると、男性はきちんと頭で考えているのだろう。力の強いものは弱いものをいたぶる。力のない私たち女は男の暴力をただひたすら耐えるしかないのだ。

05

平坦な地獄が待っているだけ

　高校生になってすぐに私は美術のアトリエに通おうと思い、見学に行った。子供の頃から絵が好きだった私は幼い頃に美大の存在を知って、将来はそこに行こうと考えていた。美術の成績だけはいつも良かったので、両親も賛成してくれると思っていた。それに、私の兄が将来は建築がやりたいと言って、高校は建築科のある工業高校に通っていたので、私もやりたいことがやらせてもらえると思っていた。

　アトリエに通わせてくれとお願いすると父はこう言った。

「エリコは絵が上手いし、美術の成績もいいから行けばいいんじゃないか」

　私はホッとして、アトリエのパンフレットを渡す。そこに書かれている金額を見て父は激怒した。

「こんな金、出せるわけないだろう！」

　パンフレットを床に叩きつける父。私は驚いてしまって声が出ない。アトリエにかかる費用は年間二〇万から三〇万くらいだった。確かに高いかもしれない。けれど、これは遊びのお絵かき教室ではなく、受験のための勉強なのだ。出してくれたっていいじゃないか。それに、兄は好きな建築をやっている。なのに、なぜ私はやりたいことをやらせてもらえないのだ。

しかし、父の前で、これ以上強く言い出せなかった。私は自分の部屋に引きこもって悔しくて泣いた。兄の部屋の前を通ると机の上に立派な製図台があった。あんな高いものを兄には買うのに、私には買ってくれない。私は子供の頃から家でも絵を描いているけれど、画材のお金はおこづかいから自分で出していた。私の絵は一枚も飾ってくれたことがないのに、居間には兄が学校の授業で描いた建築物の絵が飾られていた。兄は勉強ができないし、悪さをして学校を停学処分になったこともある。それに比べたら私の方が良い子供なのではないか。勉強がものすごくできるわけではないけれど、成績は真ん中より上だし、校則を破ったこともない。兄はすでに悪さを覚えて、タバコを吸い、改造した学生服を着ていた。短ランにボンタン、紫の裏地の制服を着て、兄はいきがっていた。

「俺が睨むと、よその高校のやつビビって逃げるんだぜ」

そうやって自慢する兄の方が、欲しいものを与えられていることがおかしく思えた。

しかし、私は何となく気がついていた。兄がこの家の長男であり、小林家を継ぐ人間なのだ。だから兄は大事にされるのだ。私はいつか結婚したら他の家の人間になる。だから、教育にお金をかけることは不必要なのかもしれない。

それに、結婚して母のように専業主婦になったら、学んだことなど意味をなさないのではないか。家事をし、育児をして一生を終えるのなら学校での勉強は無意味ではないか。女の人生とは何なのだろう。ふと、胸に手をやると少し膨らんでいて、柔らかかった。その柔らかさの分だけ私は悲しかった。

美術への道が諦められないまま高校へ通った。しかし、勉強する気持ちが全く起きない。希望する進路に進めないのに、学校へ行く意味なんてないような気がする。私は心から力がどんどん失せてきて、うっすらと死ぬことを考え始めた。

そんな状態でも学校に通っている限りは定期テストがやってくる。留年だけはしたくないと思い、テスト前は必死に勉強した。そして、例のハゲ先生のところにも通った。私はあんなに大嫌いなハゲ先生の元へ中学を卒業した後も通い続けていた。

私は数学だけが死ぬほどできない。もう何をどうすればいいのかわからないのだ。平均点以下でもいいから、赤点だけは免れるように勉強した。それに、ハゲ先生は無料で教えてくれるのだ。アトリエの代金を見て激怒する父が塾に行かせてくれるとも考えにくいし、自分から塾に行きたいとも言えなかった。ハゲ先生のもとで数学を勉強しながら、早く逃げ出したいと考えていた。もう、あの顔を見るのも嫌だった。二年生になって数学が選択制になったので、私は迷わず文系コースを選び、数学から逃げた。数学が必須科目からなくなって、私はハゲ先生の元に通うのをやめた。当たり前だが挨拶も何もしなかった。

　ハゲ先生からしたら、長い間教えていた生徒が挨拶もなく来なくなるのは、不愉快だったかもしれない。しかし、加害者というのは自分がした罪の重さを理解できていないのだ。自分がしていることは犯罪だと思わないから、行動に起こせる。私や他の女生徒の胸を触っていたことはハゲ先生にとってはただのスキンシップだと思っていたのだろう。どれだけ私たちが嫌だったか理解できないからやっていたのだ。

　それに、私たちはハゲ先生が胸を触ってきたとき、怒ったり怒鳴ったりしなかった。私は一度、本気で怒ったが、他の子達は笑っていた。それは私たち女の優しさだ。男である彼の性欲をいなして、罪を咎めないであげていたのだ。でも、そうやって笑いあっていたことで、ハゲ先生は私たちが喜んでいたと考えたかもしれない。普通に考えれば、男性が女性の胸をなんの断りもなく触ることなどおかしいのだ。けれど、その普通が通用しない。男と女の圧倒的な力の差、社会的な立場を考えると、どうしても女は男の暴力を許すしかないのだ。

　高校生活は黙々と過ぎていった。高校三年生になって進路指導が始まったが、私は自分の進路を書けなかった。行きたい美大はたくさんあるけれど、美大以外の大学には全く興味がなかった。美大にしか行きたくなかったが、アトリエに通っていないので、受験で落ちるのは目に見えていた。進路の紙を白紙で出し続け、とうとう三者面談が行われた。

行きたい大学がないという私に向かって担任は「四大に行ったらどうだ」と言ってきた。アトリエにすら通わせてもらえないのに、四年間も学費を出してもらえるのだろうかとぼんやり思った。だいたい、行きたくもない大学に行って時間を潰すのはとても勿体無いのではないか。それに、学校が大嫌いなので、学校と名のつくところにこれ以上行きたくなかった。家に帰ると、家族会議が始まった。父と母と兄が私を囲んで進路の話をし始めた。みんなが大学へ行けと言った。私は行きたくない理由を言えず、ただ、進学する気は無いと言うしかなかった。

「大学くらい、行けよエリコ。お前、俺より勉強できるじゃないか」

兄が口を開くと、母も呼応した。

「そうよ、エリちゃん、大学行きなさいよ！」

父も頷いている。

私は断れなくなって、大学に行くことを約束した。ただ、四大には行きたくないので、短大にさせてくれと言った。

学校案内を開くと、短大は女子大しかなかった。思えば、短大ってなんなんだろう。ただ、女性が箔をつけるためだけの大学の気がする。女性は男性より学歴が高いと嫌われる傾向がある。その点では短大は女性が通う大学として最適な気がする。高卒だと通りが悪いけど、短大なら外聞も悪くない。それに、男より上に立つことは決してない。私は不本意ながら短大に通うことにした。短大に受かっても少しも嬉しくなくて、ただ、この先も平坦な地獄が待っているのだなと予感した。

短大の入学式は爽やかに晴れていた。私は黒のスーツを着て短大の校門をくぐった。女の子たちはみんな髪の毛を長くして、綺麗に茶色く染めていた。金ボタンのついたスーツを着ている子もいて、まるで水商売の女の人みたいだった。私は高校ではあまり勉強をしなかったのと、短大ならどこでもいいという理由で、絶対に受かるめちゃくちゃ偏差値の低い短大に入学を決めたので、周りの子もそんな子ばかりなのは当然だった。

私は絶対にこの短大ではうまくやれないだろうなと思った。みんなブランドのバッグを手に提げていて、化粧を綺麗にしている。それに引き換え私は男の子のような短髪に、ノーメイクでノーブランドの地味なバックを下げていた。

入学式が済んで校門を出て駅に向かう途中、他の大学の男子学生がチラシを配っていた。どうやらサークルの勧誘のようだった。みんな目の前にチラシを渡されて、もらいすぎて困っていた。しかし、そのたくさんの勧誘の男子から私は一枚もチラシをもらえなかった。もらいたかったわけではないけれど、少し傷つく。

私はこの時にようやく、自分がジャッジされる側なのだと気がついた。別に私はコンクールのステージに希望して立っているわけではないのに、勝手にランクをつけられていたのだ。

私は人間の美しさは内面で決まると思っていた。そうして、なるべく良い行いをしようとしていたし、たくさん本を読んだりしていた。だけど、そんなことは一ミリも関係ないのだ。男のような風貌をして、顔に化粧もしない女は男から求められることはない。もちろん、私もそんな男は願い下げだと思っていた。小学生の時に憧れていた男子生徒がいたことがあったけれど、中学と高校では好きな男子は一人もできなかった。私にとって恋愛は、一番遠いところに存在していた。

06

漆黒の夜に助けを求める声は届かない

短大は新宿から少し離れた場所にあった。茨城に住んでいた私は東京まで電車通学をすることになった。高校でも電車通学だったが、東京まで一時間以上かかるので、毎日通えるか不安だった。短大の授業は朝早く始まるものもあれば、遅いものもある。必修科目の授業が一限目からのものがあったが、他の科目は二限目などの遅いものにした。朝のラッシュを避けたいためだ。朝一〇時を過ぎた電車は比較的空いていて楽に乗れた。短大に着くと、指定された教室へ行き授業を受けた。

私は短大では明らかに浮いていた。私は汚いジーンズに古着のシャツを着ていて、コンサバの格好をした女子たちは私のことを全く見ようとしない。私も彼女たちと仲良くしようとする気は無かった。服装というのはその人の考えを主張するものであると思う。考えだけでなく、所属する世界も表している。ベージュや黒、白のカットソーを着てハイヒールを履く彼女たちは男たちの視線を意識して生きている。男から見て綺麗だと思う女、素敵だと思う女を装っていた。

私は自分の意思を曲げてまで、男性と付き合いたいと思えなかった。私は私が素敵だと思う服を着ていたい。お金があまりなくて、欲しい服を存分に買えなかったけれど、フリーマーケットや古着屋で買った服を着て、肩で風を切って歩いた。しかし、私と友達になりたい人は誰もいなかった。


短大の授業が終わった後、早稲田大学に向かった。私の通っている短大には美術サークルがないことを知って、早稲田大学に通っている友人が、うちの大学のサークルに入りなよと勧めてくれたのだ。電車を乗り継いで早稲田大学に向かう。大学の入口をくぐると、サークルの勧誘がたくさんいた。私は案内を眺めながら、美術サークルを何個か回った。その中で、サークルの説明が丁寧だったところに所属することを決めた。

サークルを決めてから帰りの電車に乗る。一八時をとっくに過ぎていて、電車の中はぎゅうぎゅうだった。スーツのおじさんたちからはなんとも言えない匂いが漂ってくる。汗の匂いとタバコの煙の匂いとアルコール。それらがミックスされるとなんとも気持ちが悪い。私はカバンの中から文庫本を取り出して小さなスペースの中で必死に体制を整える。なんとか本を読み始めると、背中に異変を感じた。熱い棒状のものが背中に押し付けられているのだ。私は本に集中していた意識を背中に移動させた。これはなんだ？　なんでこんなに熱いものが当たっているのか？　そしてハッとした。これは男性の股間についているものだ。その時に全身が粟立つような恐怖を感じた。どうしよう、どうしたら逃げ出せるのだろうと思いを巡らせるが、全ての人間と密着する満員電車の中、逃げることができない。

しばらくすると、駅について、人の移動が始まった。私はその時に乗じてその場から逃げた。ホッとして新しい場所で文庫本を広げて読み始めた。しかし、また、熱い棒状のものが背中にぴったりと張り付いているのだ。

私はこの時、どんな表情をしていたのだろう。自分では見ることができないが、顔が紅潮し、恥ずかしさと恐怖で怯えていたと思う。私は一駅分我慢して背中に当たる熱いものをそのままにしておいた。そして、次の駅について、人が流れ始めると、別の車両に逃げた。しかし、逃げてもまた、その男性はぴったりと私の背中に張り付いてくる。私はなんどもなんども逃げた。しかし、相手はどこまでも追いかけてきた。恐ろしくて振り向くこともできない。

こんな時に、「痴漢です！」と声を上げる勇気が一九歳の私には無かった。私は心臓をばくばくさせて、最寄の駅に着くとよろけながら改札まで向かった。人生で初めて痴漢にあって心は千々に乱れていた。もう二度と、こんな目にあいたくない。そう思っているのに、私は短大から帰る電車で、いつも痴漢にあった。

短大に通い始めて一ヵ月くらい経った頃、母が「エリちゃん、なんか洋服買ってあげるから、デパートに行きましょう」と声をかけてきた。

「どうしたの急に？」

私が驚いて尋ねると

「だって、あなた、洋服全然持ってないじゃない」

と、母がため息交じりに答えた。

確かに、私は手持ちの服が少なくて、いつも同じ服ばかり着ていた。そんな私を母は不憫に思ったのだろう。この頃、まだユニクロもなく、ファストファッションのブランドもなかった。洋服はどれも高くて、学生である私はお洒落をする余裕がなかった。

母と少し離れた駅にあるデパートに向かう。ブランドの服はどれも素敵だが値段は一万円を超えるものばかりで、気後れしてしまう。気をとりなおして色々な洋服を手に取り鏡の前に立つ。気に入ったのは水色のチェックのワンピースだった。ワンピースを普段あまり着ないのだが、試着すると自分が少し素敵に見えたし、水色と白の服は清潔感があって女性らしく見えた。少し高かったが母が買ってくれた。ショップバックを手にして軽い心持ちで帰宅した。

私は早速そのワンピースを着て学校へ行った。短大では誰にも話しかけられなかったが、サークルでは話しかけられた。

「それ、古着?」

なんだか、少ししょげてしまう。デパートで一万円以上もしたものなのに。

「違うよ、古着じゃないよ」

少しムッとして言った。しかし、私はもともと古着が好きなので、新品のワンピースも古着っぽい柄だったのかもしれない。

その日はサークルで飲み会があった。私はお酒を飲みながら少しテンションが高くなった。昔から話し出すと止まらないところがあるので、いろんな人に話しかけた。私は友達があまりいないけれど、人が嫌いなわけではない。むしろ、自分と似たような人とは積極的に友達になりたいと思う。

「追加のお酒、誰か買ってきて」

女の先輩が声をあげたので、私は勢いよく「行きます!」と、返事した。

「僕も行くよ」

声をあげたのはサークルの部長だった。私は部長と二人で部室を出た。私は少し浮かれて、部長に色々と話しかけた。部長は私の話に相槌を打ってくれた。高校生の時は男の人とほとんど話さなかったので、少しドキドキした。

「そっち、車道だからこっちにきなよ」

私は少しびっくりした。そんな風に気を遣われたことが人生で一度もなかったのだ。私は部長に促されるまま白線の内側に入った。私は自分より歩幅の広い部長の後をテロテロついて行きながら、自分の好きな話をした。

コンビニに入って缶チューハイやらビールを買う。後、おつまみも少し買った。部長がレジでお金を払っている横で、私はすぐに缶ビールばかりが入ったビニール袋を手に提げた。

「重いから、それは僕が持つよ」

部長は当たり前のように言う。

「え！　これくらい平気ですよ」

私が渡すのを拒むと

「いいから、いいから」

そういって私からビニール袋を取り上げた。私は軽いおつまみばかりが入った袋を渡される。私はなんとなく不服でありながら嬉しかった。女扱いされると言うのは、自分の能力を軽んじられることであるが、庇護されることでもある。私は部長と一緒に暗い夜道を歩いた。なんだか胸が温かくなるのを感じた。

サークルでの飲み会が終わり、夜道を歩いて駅に向かう。茨城の自宅に着く頃には深夜になりそうだった。夜が遅いせいか、電車の中は空いていて、周りに接触してくる男はいなかったのでホッとした。カバンから文庫本を取り出すと、目で文字を追う。酔っていても本を読めるのは私の特技だと思う。

一時間以上かけて自宅の最寄駅に着く。私はフラフラしながら家路を辿る。真っ暗な夜道を歩いていると自分の足音がやけに大きく聞こえる。物音ひとつしない漆黒の夜。時折、街灯が道を照らしていて、少し安心する。私は自分以外の足音に気がついた。

そういえば、駅からずっと続いている。「きっと、同じ方向に帰る人なのだろう」。そう思って深く考えるのをやめた。それにお酒で酔っていて、気分が良かったので、そういったことがどうでもよかった。家に向かう途中の急勾配の坂道は木がたくさん生い茂っていて、街灯も少ない。その道に来た途端、私の後ろから聞こえていた足音が急に近づいてきた。そう思った瞬間、見知らぬ男性が私の体を後ろから抱きしめた。私はあまりの恐怖に腹から声を出した。

「うわあああああああああーーーーーーーー！！！！！」

本当に怖い時、女は「キャー！」とは言わない。私は野獣の咆哮のような叫び声をあげた。

「うわああああああああああーーーーーー！！！！！」

叫び続ける私の口を知らない手が塞ぐ。私は口を塞がれても声を出し続けた。

「うっぐぐうぐうーーーーーーー！！！」

怖い、怖い、怖い。体に力が入らなくなり、その場に倒れこむ。男性は片手で私の口を塞ぎ、私の胸をまさぐった。私は痩せていて、あまり胸がない。そのせいか、胸を触るのをやめて、下半身に手を伸ばした。スカートの中に手を入れ、下着の上から性器の割れ目部分にぴったりと指を這わせる。恥ずかしさなんてものはなく、ただ、恐ろしかった。

私は腹から咆哮しながら、死ぬかもしれないと思った。このままレイプされて、殺されて、どこかに捨てられるんだ。短い間にそう考えた。まだ、好きな人もいないし、キスだってしていない。それなのに、こんなところで見知らぬ男に犯されて死ぬのか。目からはうっすら涙が滲んだ。誰か、誰か助けて。しかし、深夜一二時を過ぎているので、通行人は誰も通らない。どんなに叫んでも誰も異変を感じてくれない。男の指が動き始めたその時、少し離れたところにある家のドアが開いた。その瞬間、暴漢は物凄いスピードで来た道を引き返した。

「大丈夫ですかー?」

少し呑気な声が聞こえた。

「……は、はい」

私は立ち上がれないでいた。

「警察を呼びますかー?」

家の住人がそう言ったのだが、こんなショックを受けた後に、警察から色々聞かれるのは嫌だった。そもそも、誰かに何かを話す気になれない。ただ、早く家に帰りたかった。

「……いえ、大丈夫です……。帰ります」

私はよろけながら立ち上がった。足が少し擦りむけて血が出ていた。

「気をつけてくださいねー」

その声を聞きながら、私の心は空っぽだった。ひどい恐怖から解放された後は、こんなにも無気力になるのかとびっくりした。怒りは湧いてこなくて、ただ、全身に力が入らない。私は足を引きずりながら帰宅した。家に帰るとシャワーも浴びずに布団に横になった。


次の朝、私は改めて、昨日のことを思い出した。そして、自分が痴漢にあったのだと理解した。警察に行ったほうがいいのだろうかと考えたが、勇気が出ない。しかし、あの男はもしかしたら何回もあの道で痴漢をしているのかもしれない。第二の被害者が出ないように警察に訴えたほうが他の人のためにもなる。私はそう考えて、駅前の交番に行った。制服を着た警官に勇気を出して話しかけた。

「あの、昨日、夜道で痴漢にあって……」

私は警官がびっくりするんじゃないかと思ったけれど、とても普通だった。

「ああ、そうですか。どこいらへんで痴漢にあったんですか」

こちらは痴漢という非日常に遭遇したのに、警察にとっては日常なのだろう。大きな地図を開いて、私に見せてくる。

「えーと、ここいら辺です。駅からつけてきたみたいで、突然抱きつかれました」

私が勇気を出して言うと、警官は続けた。

「で、具体的に何をされたの？」

冷静に発せられるその言葉に遠慮とか、被害者への気遣いはなかった。話したくないと思ったが、そういうわけにもいかない。せめて、婦人警官なら話しやすいのに。

「胸を触られて、スカートの中に手を入れられました」

喉から絞り上げるように昨日のことを伝えた。性器を触られたとは言えなかった。

「ふーん……ここいら辺はよく痴漢が出るんだよね。気をつけて。巡回を少し増やしておくから」

そう言って、広げた地図をバサリと閉じた。どうやら、それでおしまいのようだった。

「はい。気をつけます」

私はそう言って頭を上げて交番を後にした。そのまま駅に向かいながら、警察に行かなければよかったと後悔した。勇気を出して恥ずかしいことにも答えたけど、あの調子では、犯人を逮捕する気はなさそうだ。

上りの電車に乗って、短大に向かう。今日もまた、電車で痴漢に遭うのだろうか、帰り道では大丈夫だろうか。痴漢が怖いからと言って、短大に行かないわけにはいかない。学費を出してもらっているのだし、きちんと卒業したい。しかし、私は痴漢たちに対してどうやって防衛すればいいのだろう。考えても何も答えが出なかった。電車に乗って流れる景色を眺める。左足の傷跡がズキズキと痛み出した。私は不条理という言葉を噛み締めながら立ち尽くすだけだった。

07

男より弱いものになるということ

行きたくない短大が終わった後は、早稲田大学の美術サークルに通うという日々を過ごしていた。短大では友達がいないので、誰とも話さずに過ごしていたが、その分、サークルでの私は饒舌だった。

「この間、道で暴漢にあったんですよ！　抱きつかれて、体を触られて、死ぬかと思いました！」

サークルの仲間に私はテンション高めに話した。それを聞いた男性たちは、

「防犯ブザーを持って歩けばいいんじゃない？」

とアドバイスしてくれた。

「防犯ブザーってどこに売ってるの？」

私はものを知らない。

「家電量販店とか、そういうところじゃない？」

女の子が答える。

「そうか、そういうところにあるのか」

私は独り言のように答えた。そして、暴漢から身を守るためには女が自衛しなければならないという事実が悲しかった。私の体がもっと大きくて、筋肉がたくさんついていて、男を投げ飛ばせるくらいだったら、防犯ブザーはいらないかもしれない。そんなことを考えながら、男の人は防犯ブザーなど持たなくても安心して街を歩けるのだと気がついた。安心して電車に乗り、足音を恐れることもなく夜に帰宅できる。男たちはそんな毎日を送っているのだ。不公平、そういう言葉が自分の中に生まれた。学校ではずっと、男女平等だと教わってきたけれど、そんなことはないではないか。

サークルが終わって、帰りの電車に乗り込むと、ぎゅうぎゅうだった。知らない人たちと体を密着させながら一時間近く電車に乗らなければならない。その時、ズボンを履いている私の股間に手が忍び込んだ。私は股間の異物に気がついて身を固くする。満員電車だから何かの拍子で手が入ってしまったのだ、そうやってやり過ごそうとするが、手はゆっくりと私の股間を撫でる。体を移動したくても、ドアに押し付けられている形で動くことができない。私はなるべく気にしないようにした。自分の意識を飛ばし、自分の体がここにないのだと思い込もうとする。私の最寄駅は終点なので、まだまだ先が長い。私は股間を弄られながら、自分の肉体はこれではないのだと思い込むことに集中した。

家に帰宅して、シャワーを浴びる。風呂場の鏡にはショートヘアの冴えない自分が映っていた。なんで私は痴漢に遭うのだろう。ショートヘアでも女に見えるからだろうか。もっと、醜くなりたい。男が痴漢したくないと思う女になりたい。いや、もう女でいたくない。私は濡れた体のまま、居間に向かい、ハサミを取ってきて、再度風呂場に向かう。シャワーを浴びながら、ザクザクと髪を切った。バカな私は痴漢から逃れるためには醜くなるしかないと思い込んでいた。

母から買ってもらったワンピースは次第に着なくなっていった。地味な変な柄のシャツばかり着て、学校に通った。それでも私は痴漢に遭い続けた。ずいぶん大人になってから、痴漢が狙うのはおとなしそうで地味な女性だとなにかの記事で読んだ。確かに、髪の毛を茶色にして化粧をバッチリしている派手な女は痴漢に遭ったら犯人をしっかり捕まえそうだ。化粧を一切せず、地味で変な服を着ている私は痴漢の格好な餌食だった。

短大生になってから、高田馬場のコンビニでバイトを始めた。バイトがない時は早稲田大学の美術サークルに行って作品を作った。美術サークルでは作品を作る人があんまりいなくて、だいたい飲み会になることが多かった。飲み会になると、私はサークルの部長と話し込むことが増えた。

私は子供の頃から父親に映画をたくさん見せられていて、かなり映画に詳しい人間になっていた。そして、部長も映画が好きでたくさん見ていた。サークルのボロボロのソファに座り、大好きな映画の話をするのは楽しかった。そして、私は次第に映画の話をするのが好きなんじゃなくて、部長のことが好きなのだということに気がついた。

ふと、気を許すと、部長のことばかり目で追ってしまう。私は人生で初めて男の人を好きになった。しかし、好きになっても、どうやってアプローチすればいいのかさっぱりわからない。それに、自分が男の人を好きになるということもなんだか恥ずかしかった。それでも、私はなんとかして部長に近づきたくて、サークルの連絡帳を引っ張り出して部長の家に電話をした。部長は油絵を描いているので、油絵の道具を買いに行くのを付き合ってもらえないかと考えたのだ。当時はまだ携帯がなくて、自宅にかけなければならないというハードルの高い時代だった。電話の呼び出し音がなると、部長の母親が出た。サークルの後輩だと告げて、部長を出してもらえるようにお願いをする。

「あ、あの。小林です」

緊張して声が上ずる。

「あ、小林さん、どうしたの？」

部長はなんともない感じで答える。

「あの、私も油絵を描いてみたくて、でも、道具を持っていないので、買いに行くのを付き合ってもらえないかなと思って。今度の日曜って空いてますか？」

必死にあらかじめ考えておいたことを話す。

「うん、いいよ。じゃあ、二時に新宿で待ち合わせようか」

部長はあっけなくオーケーしてくれた。私は嬉しくて飛び上がりたい気持ちだった。


日曜日の新宿で待ち合わせ場所に向かう。部長は茶色と白のボーダーのTシャツを着て、ジーンズを履いていた。部長の姿を目で捉えると私はホッとした。一緒に世界堂へ向かって歩く。サークルで会うときはいつも夜なので、なんだか変な感じだった。

「世界堂カードは入ったほうがいいよ。絶対にお得だから」

部長の言うがまま、私は世界堂のカードに入会した。油絵のセットは一万円近くしたので、カードで買うとたくさんポイントがついた。あっという間に買い物が終わってしまって、世界堂を出る。まだ一時間しか経っていない。私は別れるのが名残惜しいなと思いながら、何も言えない。

「ちょっとお茶していこうか」

そういって世界堂の近くにあるベローチェに行こうと誘ってくれた。私は弾む気持ちで部長の後を追う。いつもと違ってお酒は入っていないけれど、部長と話すのはやっぱり楽しかった。それは友達と話すのとは違った、なんとも言えない感触だった。一杯のコーヒーを一時間かけて飲み干し、会計をするとき、部長は「ここは僕が払うから」と言ってコーヒー代を払った。私はびっくりして慌てて「いや、いいです！　自分で払います！」と言ったのだけれど、部長はスマートに支払いを済ませてしまう。私は男の人から奢られるのが初めてで、とても戸惑った。友達同士ではきっかり割り勘なのに、なぜ、部長はコーヒー代を払うのだろう。かと言って、コーヒー代を部長に押し付けるのも失礼な気がして、私は深々と頭を下げてお礼を言った。

夏になり、サークルで合宿が行われることになった。かなりの数の部員が参加するし、もちろん部長も参加する。私もバイト代を捻出して参加することにした。場所は長野の民宿で、みんなでバーベキューをしたり、夜はお酒を飲んだりする。短大で友達がいないので、私はなんとなくテンションが高くなり、いろんな人に話しかける。

夕方ごろに宿について、みんながお風呂に入ったあと、大広間で宴会が始まった。私は部長の近くに座りたいなと思ったのだけれど、部長は少し離れた席に座ってしまった。少し残念に思いつつ、お酒を飲みながら近くにいる人とおしゃべりをする。私はお酒が好きなので、つい飲み過ぎてしまった。ふらふらとしながら、トイレに向かう。トイレから出ると、部長が民宿の入り口に立っていた。

「あ！　部長！」

酔っ払ってご機嫌の私は、部長に話しかける。

「小林さん、ちょっと散歩しない？」

部長の突然の誘いにびっくりしたが、私はオーケーした。靴を履こうとするが、うまく履けないでいると、

「スリッパのまま行こう」

と部長が提案してくれた。

スリッパのままペタペタと民宿の前の道路を歩く。

「うわー！　星が綺麗！」

部長と二人きりだなんて、いつもなら緊張してしまうのに、酔っているので、あまり気にならない。部長は私の後を追ってきて、人気のない木陰に誘った。私が木陰近くの石壁に寄りかかると、突然、部長は私の肩をグイと引き寄せた。

私はハッとした。そして、私はその時、負けたのだ、と思った。あっけなく、体を引き寄せられ、されるがままになってしまう自分は部長に敗北したのだ。しかし、その敗北は官能的な敗北だった。私は負けたことが嬉しかった。決して部長に敵わないことが喜びだった。それは、私が女で部長が男であるという証なのだ。

私はずっと男に勝ちたかった。兄よりも強くなりたかったし、痴漢が寄り付かないくらいの人間になりたかった。しかし、好きな人の前では負けていたい自分がいた。私は部長にされるがまま、体を任せた。部長が力強く、肩を抱くので、少し痛い。

「部長、私、死にたいです」

当時、私はひどいうつ病に侵されていて、いつも死にたかった。けれど、それを誰にも言えないでいた。私は初めて、人の前で弱音を吐いた。

「人間の生き死にを、自分で決めるのは良くないよ」

部長は、そう言って私を諭した。私の目からはボロボロと涙が流れ落ち、それを部長は拭ってくれた。私は心地よい気持ちで涙を流し続けた。部長のことが異性として好きだという気持ちがあるのに、なぜ、「死にたい」などと言ってしまったのか分からない。部長からしたらロマンチックな雰囲気をぶち壊しにした変な女と映ったかもしれない。

私は部長のことが好きだったけれど、他にもっと大きな何かを求めていた。私の家では幼い頃から、父親が暴君のように君臨し、酒を飲んで暴れ、母を殴っていた。私の中にはずっと優しい父親が存在しなかった。自分よりたくましく、力があるが、それを妻や子供に振るうのでなく、守るために使う、そういう父親がいなかった。私は部長の中に父なるものを求めていた。弱さを許し、他者から守ってくれる、そんな存在になって欲しかった。

長野の夜空は東京よりも澄んでいて、何倍もの星がきらめいていた。星だけが私たち二人を照らしていた。

08

この理不尽な怒りをどうしたらいい

短大生になってから東京の街を歩くと、ものすごくたくさんの男に声をかけられる。

「ねえ、ねえ、ちょっと話聞いてよ」

と若い男が、私の肩を叩くのだ。私はそれらを全て無視していたが、かなりしつこい。完全無視をしていればいなくなるが、ほとんど毎日話しかけられるので、神経がすり減る。彼らはナンパではなく、多分、キャッチセールスか、風俗などの勧誘だと思う。私が足を止めないと、次の女の子に話しかけている。

他にも、街を歩いていると、ティッシュ配りの男からキャバクラや風俗店のティッシュを押し付けられる。めんどくさいし、不愉快なので、もらわないでいると、無理やりバッグの中にねじ込んでくる。トートバッグに入れられた大量の下品なデザインのティッシュを見ると気分が悪い。今のお前の年なら商品になるのだからなれ、と言われているみたいだ。

風俗店で働いていい年齢は一八歳からと決まっている。それ以下の年齢だとお店が摘発されてしまうのだ。だから、短大生や大学生はお店にとって都合がいいのだろう。実際、高校生の時は東京を歩いていても、一切声をかけられなかった。

けれど、この国の男は、若い女が大好きで、アダルト雑誌やAVなどでは一八歳を過ぎた女性がわざわざ高校生の制服を着ている。私からしたら高校生なんて子供にしか思えないが、男性にしてみれば性の対象になるらしい。

本で読んだのだが、性的嗜好というものは後から付随するものだそうだ。男性は一般的に女性の胸が好きだが、それは女性が服で胸を隠すようになったり、性的なものとして扱うようになったからで、それ以前は胸を見て性的興奮をするということはなかったらしい。それを思うと、十代の子を性の対象とする本や情報が溢れているから、十代の子に男性が欲情するようになったといえる。AVやアダルトコンテンツは常に「より過激なもの」へと進化し続けている。私たち女は一体いつまで、男性の射精環境を心地よいものにし続けなければならないのか。


バイトの面接の帰り道、渋谷の街を歩いていた時、いつものように男から声をかけられた。

「ちょっと、待ってよ」

男はそう言って私の目の前の道を両手を広げて塞いだ。このままでは前に進むことができないので、男の手を少しはたいてそのまま道を進んだ。その途端、男はこう叫んだ。

「んだよ！　このブタ!!」

私はブタと呼ばれたことに怒りを感じたが、ここで相手を怒ることなんてできない。私はまだ一九歳で自分より年上の男にかなうわけがないのだ。後方でガミガミと怒鳴る男の声を聞きながら、肩をいからせて駅に向かう。一体、この理不尽な怒りをどうしたらいいのだろう。

私は体重にはかなり気をつけていたので、ブタと言われたのはショックだった。この世界では痩せていない女は美しくないとされている。しかし、美しくないと決めているのは男たちだ。どんな体型だろうが、自分を美しいと思い、自分の体に誇りを持つべきだ。しかし、客体化されている私たち女性は、すでに女性の目で自分を見ることができない。自分の体を見るときは、男性の視線を通した目で見てしまうのだ。

摂食障害になるのはほとんど女性だと言われている。摂食障害の原因については諸説ある。ひとつは成熟拒否であるとされている。今まで一般的には女の人生は結婚をして子を成すことが幸せとされてきた。そのことに対する強烈な拒否感から、食べるのを拒否することによって、自分の将来を否定しているらしい。

その他の言説では、世の中には自分の思い通りにならないことが多いけれど、自分の体重だけはコントロールすることができる万能感を得るためということもある。ほとんどの女性はダイエットを経験していると思うが、予想通りに体重が落ちた時の喜びは本当に大きい。一九九七年に起きた「東電OL殺人事件」の被害者女性も摂食障害であった。彼女は東電で総合職として働きながら、夜は売春をしていた。

その落差に当時の人はとても驚いた。仕事で認められながらも、女としても認められたいというのは、女性の願いでありながら、両立するのがとても難しい。彼女の悲しい末路に共感し、同情をした女性の数は多い。彼女も思い通りにならないことが多い中、思い通りになる体重に安堵したのではないかと思う。

他者からの視線に常にさらされて、ジャッジされている女たちは自分で自分の体を愛することができなくなってしまった。私も薬の副作用で太ってからは、毎日体重計に乗り、記録をつけ、少しでも太ったら食事の量を少なくした。男に対して怒りながら、男の視線に耐えうる女になりたいという自分もいる。私はいつも、分裂しそうな自我を抱え込んで生活をしていた。

短大で学年が変わり二年生になった。新しい授業が始まり、漫画の授業という一風変わったものがあり、そこに私は熱心に出席していた。その先生と仲良くなり、授業に出ている生徒とご飯を食べに行くようになった。先生は過去、テレビ局に勤務していて、かなり華やかな社会人生活を送っていたようだった。

「僕が若い頃、海外にみんなで行った時、現地の女の人を買っていて、それが本当に嫌だった」

先生がそうやって話すのを聞いて、テレビでよく取り上げられていたことは本当にあったのだなと分かった。女の人の体をお金で買う、ということ自体が大変な人権侵害であるし、海外に行ってまで、現地の女とセックスをしたいというのが謎だ。

海外に行ったなら、観光や食事を楽しんでいればいいと思うのだが、男たちはどうやらそれでは飽き足らないらしい。しかし、国としては大きな恥だ。買春が恥だと男たちは気がついていない。そもそも、売春は法律で禁じられているのに、買春は禁じられていない。男たちが作った法律は男たちに都合のいいように出来上がる。売春せざるを得ない女たちは、男社会によって、そうせざるを得ない状況に追い込まれているのに、男たちによって「売る方が悪い」というロジックに収まってしまう。

二年生になってから、私はサークルに行かなくなった。部長が三年生になってサークルを辞めたのが大きな理由だった。それは、部長と私以外、絵を描いていなかったので、部長が辞めたら絵を描くのが私だけになってしまうのと、熱心に活動している部員がおらず、物足りなさを感じていたからだ。

部長とはあれから何回か一緒に出かけたり、飲みに行ったりした。しかし、こちらから部長を誘っても断られることが増えてきて、次第に私から声をかけることができなくなっていった。好きな人の姿も見ることができず、声も聞けないのは、予想以上に辛くて、家の中で時々泣いた。

それでも二年生になってから、ようやく短大で友達ができて、学校生活が楽しくなってきた。私は新しい友達とライブに行ったり、クラブに行ったりして楽しく過ごした。とても仲のいい友達ができたけれど、私は好きな人がいることを言えなかった。私にとって恋心は大きな恥だった。私のようなみっともない人間が誰かを愛するのはしてはいけないことなのだ。


久しぶりに早稲田大学へ行き、サークルに顔を出した。他のサークルの情報を教えてもらうためだ。

「熱心に活動してる美術系のサークルって知ってる？」

二年生になって就活が始まっていたが、私はまだ作品を作りたいと考えていた。

「陶芸サークルは頑張ってるって聞いたことがあるよ」

陶芸サークルの情報を得たあと、高校時代からの友達がいる法律関係のサークルに寄った。数人しかいない部室は様々な貼り紙がはられている。友達は私の顔を見ると声をかけてくれた。そして陶芸サークルの話をした。

「早稲田ってさ、ワセジョ（早稲田大学の女子学生）だと入れないサークルがあるの知ってた？」

意地悪な笑みを浮かべて友達は言う。

「え？　なんで？　どうして？」

びっくりして友達を質問攻めにしてしまう。

「さあ、男の人って、頭がいい女の人が嫌いなんじゃない？」

ワセジョである友達は「あはは」と笑った。彼女は早稲田の中でも法学部に通っているので、かなり頭が良い。

私はこの時初めて、頭のいい女はモテないということを知った。正直、私からしたら意味がわからない。私は人と対峙する時、価値観や知識の幅が違うとイライラしてしまうことがある。けれど、男の人は、そうでないらしい。俺はこいつより上であると思うことで満足するものみたいだ。なんて愚かな感情だろう。

私は部長より頭が悪いことをコンプレックスに思っていて、自分が早大生でないのが恥ずかしかった。でも、恋愛ではそうではないらしい。早稲田大学には他の大学の女子が恋人を見つけようと、たくさん流れ込んできている。私はあの女の子たちと一緒になるのが恥ずかしかったけれど、実際はあの子達と同じ風に見られているのだ。そして、部長が私にちょっと優しくしてくれたのは私の頭が悪いからだと思うと悲しかった。

夜に歌舞伎町の街を歩いていた。友達とライブに行く予定で、少し早く着いてしまったので、あてもなくブラブラしていた。ネオンが下品に光り、誰の顔も平等に明るく照らす。酔ったおじさん、化粧をした派手な女性、若いカップル。私はこの街が好きだった。茨城の田舎は何もなくて、歓楽街と呼べるものもなく、チェーンの居酒屋が数軒と個人のお店がちらほらあるだけだった。

私は歌舞伎町の通りを自分の街のように歩いた。気分良く歩いていたら「お兄さん、お兄さん、いい子いるよ！」と声をかけられた。私がびっくりして相手を見ると、客引きとおぼしき男性だった。私は「女に決まってんだろ！　このやろう！」とでかい声で怒鳴った。ショートヘアでジーンズを履いて、胸はペタンコ。正直、男に間違えられても仕方ない見栄えだった。思えば、この頃、私のジェンダーは揺れていた。好きな人には女に見てもらいたいけど、電車の中の痴漢には男に見られたかった。私は髪を振り乱しながら、大股で歌舞伎町を闊歩した。

「ねえ、祥子ちゃんて化粧してるの？」

短大で新しくできた友達に話しかけた。祥子ちゃんは音楽や漫画に詳しくて、とても面白い友達だ。

「化粧？　してるよ。しないと外に出られないくらいだよ」

意外にも祥子ちゃんは化粧をしていた。薄い化粧なので、化粧をしていると気がつかなかった。

「私も化粧、しようかなあ」

ぼんやりと私がいうと、祥子ちゃんは同意した。

「化粧すると、気持ちがシャンとするよ。やってみたらいいじゃん」

私は祥子ちゃんの顔を眺めながら、少し勇気を出すことにした。

ずっと、化粧をしてこなかったのは、自分に必要がないと思っていたからだし、化粧という行為が好きになれなかったからだ。化粧というのは大きな嘘で、自分の顔を偽ることだから、なんとなく嫌だった。けれど、みんながしているなら、したほうがいいかもしれない。

女の子には当たり前にこなさなければならない大きな出来事が何個かある。生理、ブラジャー、そして化粧。私はそのどれも苦手だった。生理の日にちをメモするのがめんどくさくて、自分の生理周期を知らないまま過ごしていたし、よく下着を汚していた。ブラジャーは大学生になってもつけなかった。そして化粧もまた然りだ。でも、チャレンジしないと大人になれない気がした。そして、大好きな部長に振り向いてもらえないのも、自分の顔面に原因があるような気がしたからだ。

休みの日に、化粧品を買いに行くことにしたのだけれど、どこに行ったらいいのか非常に悩んだ。母がドラッグストアで化粧品を買っていたのを思い出して、行こうと考えたのだが、近所では買いたくない。元同級生に会ったらと思うと背筋が凍る。散々考えた末、わざわざ高円寺まで足を伸ばした。高円寺の人気のない通りに、個人経営のドラッグストアがあった。初めて店頭で化粧品を見てみるのだが、どれを買えば化粧ができるのかさっぱり分からない。

「すみません、化粧が初めてなんですけど、どれを買えばいいですか？」

勇気を出して店員さんに聞いてみる。

「えーと、一から買うってことかしら？」

私はその言葉を聞いて頷いた。

「じゃあ、下地とファンデーション、アイブロウ、アイシャドウ、チークもあったほうがいいかしら」

店員さんがどんどん商品を手に取るので怖くなってしまった。

「すみません。全部でいくらぐらいになりますか？」

私がおずおず尋ねると、店員さんが口を開く。

「一万円と少しくらいかしら」

当たり前のように口にした金額が高すぎて心臓が止まるかと思った。学生に一万円は大きすぎる。実は、高くても五千円あれば揃うと思っていたのだ。

「ちょっと予算オーバーなので、最低限必要なものだけください」

消え入りそうな声でそう告げると、店員さんが「試しに化粧してみますか」と声をかけてくれた。私は店員さんに促されるまま、二階へ行き、椅子に座る。自分の顔にいろんなクリームや粉が乗せられる。初めての化粧で胸が高鳴る。

「キレイになりましたね〜」

明るい店員さんの声を聞いて、目の前の鏡を見つめるのだが、美しいとはお世辞にも言えない顔がそこにあった。赤い頬に赤い唇、なんだかまるでお祭りのオカメみたいな顔だった。正直な感想としては「ひどいブスだ」と思った。私は軽くお礼を言うと、何にも買わずそそくさと店を立ち去った。早足で、駅に向かって、急いでトイレに向かう。顔を何回も洗うが、化粧は落ちない。化粧を落とすのにクレンジングが必要ということも知らなかった。

「キレイになりたいって思ったのが間違いだったんだ。私にはやっぱり化粧なんて似合わない」

化粧をした顔が、本当に醜かったのかどうか、それは誰にもわからない。ただ、私は私の顔がとても嫌いだった。

09

ノラのように

私は学生時代、たくさんの本を読んでいた。中学生になった時、名作と呼ばれている本をたくさん読んでおこうと決めてから、図書館や古本屋、街中の書店などで、ひたすら本を集めて黙々と読んでいた。その中で忘れられない本がある。イプセンの『人形の家』だ。主人公のノラは夫のヘルメルにとても可愛がられていた。妻を「愛する」というより、「可愛がる」の方が合っていると思う。タイトルの通り、ヘルメルはノラのことを人形のように可愛がるだけで、彼女を人間としては見ていないのだ。あるトラブルがあった後、ノラは決意をする。それは夫を捨てて、家を出るということだった。

私はこの物語を読んだ時、しばらく呆然としてしまった。女が夫を捨てて家を出るという選択肢があると思わなかったのだ。私たち女は男のように立派な仕事に就くことが難しい。女は第二の性と呼ばれ、男より下と言われてきた。

日本では女性に参政権がない時代が続いていたし、女が自分でしたい仕事を選べる時代もなかった。現代は男女雇用機会均等法が施行され、男女平等のように思われているが、それでも結婚したら女は家庭に入るし、働くといってもパートタイムで働いている人が多い。

女は結婚して男の稼ぎに頼らないと生活をするのが難しいというのは昔から続いている。そして、私は自分の育った家庭で母が奴隷のように家事をしながら、この家から出られないのだと感じていた。女は結婚して夫に養ってもらわなければ食べていけないと思っていた。けれど、ノラは家を出た。その後のノラの人生は描かれていないので、きちんと生活ができたかどうかは分からないが、自分の足で立ち、家を出ていくノラの姿は凛々しく美しかった。私もノラのように男に頼らずに自分の足で人生を踏み出すのだと心に決めた。

私は短大二年になっていて、就職活動を始めていた。就活といっても、初めてのことなので、何から手をつけたらいいか分からないでいたが、会社の説明会に足を運んだり、履歴書を書いたりして、手探りで就活を始めた。

学校に来ている求人票に大きな会社が新入社員を募集していた。採用人数も多く、滑り込めるかもしれないと思い、面接を受けることにした。面接当日、通された部屋には女しかいなかった。面接会場が男女別だったのだ。他の会社ではそんなことはなかったので、びっくりした。会社に勤める際に、男であるとか女であるとかそういうことが関係あると思っていなかったのだ。

女の子ばかりの部屋で待機しながら、私は高校生の時に見たニュースを思い出した。会社で女性の新入社員を採る時、男性社員が女性社員の顔写真で合否を決めていたというものだった。当時は高校生であったが、自分が社会に出るまでには数年しかないのに、このような現状が変わっているとも思い難かった。そして、時を経て二一世紀になってもいまだに女性差別は続いている。

最近のニュースで記憶に新しいのは就活セクハラというものだ。OB訪問した女性を酒の席に誘い、その後、肩や胸などを触ったり、ホテルに誘うという。他にも「愛人にならないか」と言ってきたり、性器を触るように要求する人もいるという。就活中であるという弱みと、女性であるという二重の弱みに付け込んだ酷い事件だと思う。このようなセクハラは学生の約半数が受けているという報告もある。

他にも深刻な話題として伊藤詩織さんのレイプ事件もある。伊藤さんは仕事を紹介してもらう予定のTBS記者の山口敬之氏にレイプされた。彼女の事件は著書『Black Box』に詳しい。女がレイプやセクハラに遭っても、それを証明する術がないという事実に愕然とする。被害者が勇気を出して被害を告白しても、警察や法律はそれを証明してくれないのだ。

そもそも警察官自体に女性の数が少ないのが問題だ。性被害を男性に伝えるのと女性に伝えるのでは天と地ほどの差がある。そして、法律も性犯罪についてはまだ整備されていないというのが著書を読んでわかった。伊藤さんは声を上げてくれたが、日本で仕事をするのは絶望的と言われるくらいの代償を払った。なぜ被害者がこのような苦痛を強いられるのかと疑問に思う。

その他にも「彼氏はいるのか」など、仕事に全く関係ないことを聞かれるというのもあるそうだ。会社側は「結婚して育児休暇を取られたら困る」ということを視野に入れているのかもしれないが、極めて理不尽な問いだ。育児というものは女性だけがするという思い込みがまずある。

男性だって女性と同程度、育児に参加しなければならないはずだ。けれど、男性社員には「彼女はいるのか」などとは聞かない。結婚して子供が生まれても、男性は家事育児を免除されているという現代の状況がある。本当は男性も女性も助け合って生活をしなければならないはずだ。

私は就活では運良くセクハラは受けなかった。思えば私はいわゆる女性らしい格好をしない女だったからだと思う。髪の毛はショートヘアで、化粧もしなかった。しかし、それがいけなかった。私は何社も受けたけれど、結局一社も受からなかった。化粧をすることが社会常識だと分からなかったし、女性らしい格好をすると好感度が上がるということも知らなかった。

秋が来て、冬が来る頃には求人の数もぐんと下がり、私は就職を諦めるようになっていた。時代は就職氷河期と呼ばれた時代で、きちんと四大を出た人でも就職が難しい時代だった。就職はできなかったが、きっちり単位を取ったので、卒業できた。

私は卒業式を就活で使っていたスーツで出席しようと思ったけれど、母が必死に袴を着るように勧めてきたので、仕方なく着た。思えば私の人生は母に支配された人生だった。自分で行きたい大学にも行かせてもらえず、やりたいこともやらせてもらえなかった。行きたくない短大でも、資格を取ることができたので、何か取ろうと思ったけれど、取りたいと言えなかった。私が美大のアトリエに通いたいと言っても「お金がない」と言って断られたし、塾や習い事も満足にさせてもらえなかったからだ。

ある晴れた春の日、美容院で着付けをして、短大に向かった。レンタルの袴を着て、形だけは良いところのお嬢さんみたいだった。学校の門に入り、幾人かの友人に声をかける。

「聞いて！　私、内定五つももらっちゃった！」

「私は三つ。一番いいところに決めた！」

友達の報告を聞くのはしんどかった。何で友達は内定をたくさんもらって、私は一個ももらえないんだろう。その当時はわからなかったけれど、今はわかる。私はきちんとメイクをするべきだったし、髪の毛を綺麗に伸ばし、ヒールを履くべきだった。会社の中にいて、男性社員の目を喜ばせ、花嫁候補になるような女になるべきだった。私のような三流短大の女が仕事で求められているものなんて、ほとんどないといっていい。思えば、同級生たちは学業などそっちのけで、有名大学のサークルに入って、男と遊んでばかりいた。彼女たちは将来の結婚相手、自分を養ってくれる相手を探していたのだ。

「あの人、東大だってよ！」

「早慶戦、行くでしょ？」

「この間、医者と合コンしてきた」

私は彼女たちを低俗だと思っていた。自分で稼ぐことを視野に入れず、男に養ってもらうことしか考えていない馬鹿な人間だと信じていた。しかし、彼女たちはどう頑張っても男よりも稼ぐことができず、出世もできないのだから、稼ぐ男を捕まえることで将来の生活材を確保しているだけだ。彼女たちは絶望しながら、生きる術を考えていたのだと思う。それに比べて、私はノラのように生きたいと思いながら、手に職も持たず、社会に放り出された。助けてくれる男はいない。馬鹿だったのは私の方だった。

燦々と降り注ぐ春の陽は全ての人に平等に降り注いでいた。しかし、世の中は全ての人に陽の光が照ることはなく、女には日陰ばかりが与えられる。あの時、高学歴の男の人と結婚した女の子たちは男のパンツを洗い、食事を作り、家を掃除しているだろう。終わらない育児に急き立てられ、完璧にできない家事を夫に罵られ、いつか家を出たいと思いながら、外に働きに出る自信もなく、家の中で洗濯物を畳んでいる。家事に対する対価は与えられず、まるで奴隷のような生活を送りながら「私は幸せ」とつぶやいている。けれど、彼女たちの人生が不幸だとはいえない。私はこの先、生活保護を受けるという最底辺の人生を歩むことになる。

二〇二一年末、「グローバル・ジェンダー・ギャップ指数」が発表されたが、日本は調査対象となった世界一五六ヵ国のうち過去最低の一二〇位だった。この発表を男性たちはどう捉えているのだろうか。

以前、男の友人に男女格差の話をしたらこう言っていた。

「うちの会社だって男女平等ですよ。最近は女性でも、どんどん役職に就いているから」

「それはいいことですね」

「でも、能力が低い人を役職に就かせるのはどうかと思うよね」

あまりにも平然と言うので困惑した。彼の発言をなぞれば、「女性は能力が低い」ということになる。しかし、これがほんの一部ではなく、きっと男性の総意なのだろう。日本では閣僚に女は一人か二人、申し訳程度しかいない。こんな状態で日本の女性の地位が向上するとは思い難い。

女は男以上に努力しなければ認められない。そして、嫌なことがあっても耐えて、耐え抜かなければ生きていけない。しかし、男たちはそんな思いを自分の娘や妻にして欲しいのだろうか。妻や娘だけでなく、同じ校舎で学んだクラスメイト、会社の同僚、自分と同じ社会で生きている人間が、性別が女だからという理由で、不当な扱いを受けるのを許せるのだろうか。私たち女が「人形の家」のノラのように家の玄関の扉を勢いよく開ける日はまだ先のようである。

10 エロとパチスロのハイブリッド雑誌

春、あらゆる植物が芽吹き、風は透明で、空では鳥たちがうるさくさえずる。全てが平和な世界の中で、私だけが湿った空気の底に閉じ込められていた。短大を卒業しても就職先がなかった私は家の中で引きこもっていた。父の独断で実家の団地を捨て、父方の叔母の家に居候をすることになった。自分の家でない窮屈さと、仕事がないという状態は私の精神を蝕んでいた。

朝起きて、遅い朝食をとったあと、一人で近所をぶらぶらと歩く。目的もなく、お金もない中、本屋で本を立ち読みしたり、公園に行って遊んでいる子供を眺めたりした。新卒で卒業したあと、仕事がない場合、人間はどうやって生きて行けばいいのか分からない。学校でたくさんの教科書を開き、試験を繰り返したのに、私は何も得ることができなくて、私の額には人生の落伍者というハンコがぺたりと押された。

することがないので中古ゲーム屋でセールになっていたゲームを手にとってレジに持っていく。学生時代から使っているボロボロの革財布からくたびれた千円札を一枚取り出して、商品とお釣りをもらって家に帰った。

台所から父が買っておいたビールを失敬してゲームをつける。電子音とデジタルの画面がテレビに映り、酒を飲みながらゲームを始めたが、酔っているせいか全然先に進まない。同じシーンを何十回もやり直しているとイライラしてしまって、コントローラーを投げ捨てた。叔母の家に来てから、与えられた部屋は亡くなった祖母の部屋だった。私は祖母が大嫌いだった。長男の兄の方ばかりをかわいがり、新車を買ってやったりしていたのに、私にはこれといった大きなものはくれなかったし、いつも嫌味を言われた。私が持っている布のバッグを「そんなズダ袋持って、みっともない」と口にしても、私に新しいバッグを買ってくれはしなかった。

ベッドで横になるが眠れる気配がなく、仕方ないので、駅前のデパートまで歩いて行った。ふらふらと歩いていると、ペットショップがあった。小型の小鳥やウサギ、ハムスターなど小動物がひしめき合っている。動物たちを眺めていると、足元の水槽にミドリガメがたくさん入れられていた。濃い緑の甲羅から首がにゅっと出ていて、ほっぺたのあたりが赤くなっている。値段を見ると三〇〇円と書いてあった。私は少し悩んでから、ミドリガメと小さな水槽、カメの餌を買った。家に帰り、水槽にミドリガメを放してやると呑気に手足を動かして、虚空を見つめていた。

「今日から私がお友達だよ。よろしくね」

小さな声でミドリガメに話しかける。カメは私が与えた餌を無表情で食べていた。引きこもりを始めてから、私は寂しくて仕方なくて、暇さえあれば短大時代の友人に電話をした。人生の目的がないということはとても恐怖で、いつまでこの生活が続くのかと思うと、暗闇に投げ込まれた気がした。酒を飲みながらゲームをする私を母が怯えた目で見ている。私は自分が何をしたらいいのか分からなくなっていた。

しばらくして、飼っていたミドリガメは死んでしまった。食べきれなかった餌が水面に浮いていて、水の腐った匂いがした。

「ごめんなさい」

友達のミドリガメすらきちんと育てられない自分は本当に最悪だ。もの言わなくなったミドリガメを私は庭に埋めた。

「エリコ、家を出た方がいいよ」

いつものように電話で話してくれる友達がそう言った。

「……うん。そうだよね。そうだろうね」

私は晩御飯の時、母にこの家を出たいと伝えた。母は納得してくれて、今度、一緒に東京のアパートを探すのに付き合うと言ってくれた。

母と二人で電車に乗り、東京の端っこの方まで出かけた。家賃は安ければ安いほどいいが、安くなればなるほど、荒れ果てて、女が住むには適さない家ばかりで、オートロックに住むなんて夢のまた夢だった。一日中、足を棒のようにして歩き、家賃が五万円ほどのアパートを見つけた。六畳一間の小さな部屋のキッチンは電熱線が一個と小さな流しが申し訳程度に付けられていた。料理がきちんとできるのか不安であったが、他の物件に比べたら、ずいぶんとましな方だった。

「ここにしましょうよ。狭いけど、南向きだから日が入るわよ」

南向きにこだわる母は気に入ったようで、初めて物件を選ぶ私は母の言葉に頷いた。それに、時は五月を過ぎていて、これ以上待っても新しい物件は出てこないだろう。仕事はなかったが、母がついていてくれたおかげで、無事に契約をすることができた。

しばらくしてから、母と電気屋さんに行き、一人暮らしに必要な家電を揃えた後、数週間後に、引っ越しをした。母が私のために買ってくれた洋服ダンス以外は家具らしいものがなく、プラスチックのケースやカラーボックスなどで代用した。それでも、部屋らしくなると嬉しくなって、学生時代の友人に契約したばかりのＰＨＳで電話をした。何人かの友人が遊びにきてくれて、私はやっと笑顔になった。

朝起きて、コンビニに行き、求人情報誌を買ってきて、アパートでじっくりと眺める。短大卒が受けられる会社は限られていた。この時に初めて、大学を卒業していないと受けられない会社があることを知った。受けられる会社に赤丸をつける。会社に電話をして面接の予約を取り付けると、買ってきた履歴書を埋める作業に没頭した。まだ、やりなおせるはずだと自分に言い聞かせていた。

短大の時、あんなに就活で苦労したのに、仕事があっけなく決まった。勤め先は編集プロダクションで、仕事は漫画の編集だ。もともと、本が好きなので、出版関係に行きたいと考えていて、駄目元で受けた会社だった。しかし、この時、私は編集プロダクションがどういう会社なのかを知らなかった。いわゆる、出版社の下請けであり、過酷な労働環境のところが多いというのはしばらく経ってから知ることになる。

二人採用の予定なのに、応募には五〇人以上が殺到した。当時は就職氷河期と言われていて、新卒でも仕事に就ける人が少なかった。そんな世情であったせいかどうか分からないが、会社の月給は一二万で、社保もなく、残業代もつかない。だからと言って、やめるという選択肢はなかった。初めて社会に出た私は一二万で一人暮らしができると思い込んでいたし、一人暮らしができない金額を会社が提示するとも思っていなかったのだ。

「小林エリコと言います。よろしくお願いします」

職場の小さなマンションの一室で頭を下げる。この編集プロダクションはエロ漫画とエロ雑誌を作っていて、社員は二〇名にも満たない小さな会社だった。マンションをそのまま会社として使っているため、床にはカーペットが敷かれていて、社員は玄関で靴を脱ぎ、靴下のまま歩く。そんな会社でも、自分の机が与えられた時は嬉しかった。作業デスクに電話が取り付けられていて、自分は会社員なのだと誇りを持てた。しかも、憧れていた漫画の編集なのだ。まだ、新人なので、先輩の男性編集者について仕事を教わる。私が担当するのはエロとパチスロを合わせたハイブリッドなエロ漫画雑誌であった。

「小林さんが担当するのはこの一冊。うちでは一人一冊が担当だから」

私についてくれたのは、八歳年上の山田さんという男性だった。山田さんに基本的な仕事内容を教えてもらう。まだこの頃はパソコンが普及しておらず、漫画の原稿は全て手書き、キャラクターのセリフも編集者が手で原稿に貼り付けていた。漫画家とのやりとりも電話やファックスが主であったし、打ち合わせの際は漫画家が住んでいる最寄り駅まで向かった。

仕事を覚えてくると、編集という仕事はかなりきつい仕事だというのが分かってきた。それもそのはずで、普通の出版社では一冊の雑誌を作る時は複数人で作るのが当たり前なのだ。

漫画家から受け取った原稿には裸で喘ぎ声を出す女が描かれていて、処女である私はなんとも微妙な気持ちであった。普通の漫画は好きだけど、エロ漫画にはたいして興味がない。ただ「抜く」だけの漫画だ。しかし、私は恥ずかしいという気持ちはなくて、むしろ誇らしかった。ずっと、男社会で虐げられていた自分が、男が喜ぶ雑誌を作るのは権力を握ったような気持ちがしたのだ。男たちに「お前も俺たちの仲間だ」と言われたような気持ちがしたし、お茶汲みやコピー取りをしている女たちより一段上にいる気持ちになった。

仕事は山田さんによく手伝ってもらったし、移動時間も一緒のことが多いせいか、流れでそのまま飲みに行った。山田さんは当たり前のように奢ってくれるのだが、自分としては居心地が悪い。財布を出しても「いいから」と言って断られてしまう。私は仕方なく財布をしまうが、正直助かっていた。月給一二万の生活は全く余裕がないので、飲み代を捻出するのはキツかったのだ。

しかし、山田さんの給料はいくらなのだろうか。私に奢ることができるので、私より良いのは明らかだ。ある日、職場で山田さんが他の社員と話をしていた。

「うちの会社、社保がないのがきついよなー。自分で払うのは大変だよ」

その時、やっと自分の会社がおかしいのに気がついた。普通、会社に勤めたら会社が保険に入れてくれるのに、その手続きを私はしていない。保険証がないので、母に頼んで父親の保険証を使わせてもらっていたのだ。私は今の給料から自分で国保に入るほどのお金はない。山田さんや他の社員は私よりお給料が多いのだろう。もちろん、私より長く勤めているからなのだろうけど……そう思った時、山田さんは続けた。

「うちの会社も昔は景気良かったよな。社員旅行で台湾に行ったし」
その言葉を聞いた時、なんだか胸が苦しくなった。景気が良かった頃からいる山田さんはもっと給料をもらっているだろう。もしかしたら、二〇万以上かもしれない。それだけあれば、何の心配もせず暮らせる。私はスーパーでは鶏の胸肉しか買えないし、もやしとかキャベツとかの安い野菜しか買えない。休日に遊びに行きたくても、どこにも行けなくて家で寝ているだけだ。

男女の賃金格差というものがある。なぜ、性別で賃金が違うのだろうか。大きな理由は女性社員が結婚をして子供を産むと、会社を辞めてしまうので、重要な役割のある仕事を任せないというのがある。しかし、男は結婚して子供を作っても会社を辞めることがない。女は子供を産んだら、それまでのキャリアを捨てて、母という仕事を任せられる。男も子供ができたら育休を取って、子育てをすべきだが、そうならない。子育てにおける男女の不平等が仕事における不平等、ひいては賃金の不平等を起こしている。

山田さんはいつの間にか、私を毎週末、飲みに誘うようになった。会社で仲のいい人がいない私は嬉しかった。ある金曜日「今週、金ねーんだよな」と山田さんがボソッと言った。そうか、私にいつも奢っているからお金がないのかもしれない。「それならうちで飲みますか？家で飲めばお金があまりかからないし」そう提案すると、山田さんも了解した。そして、スーパーでお酒を買って山田さんを自分のアパートに招いた。

山田さんはいつも饒舌なのに、アパートに来た途端、無口になった。どうしたのだろうと思ったが、あまり気にせず缶ビールに口をつけた。その時、山田さんが突然私に抱きついてきた。

「好きだ!」

私はびっくりして息が止まりそうだった。好き? この私のことを? 頭の中がくらくらする。私は人生で誰かから愛を告白されたことがない。短大の時に好きだった先輩には振られてしまったし、学生時代に彼氏ができたこともない。

私が戸惑っていると、山田さんはキスをしてきた。舌が口の中に入ってくる。少しして唇を離すと、山田さんは「どう?」と聞いてきた。「あまり、こういうことはしたことがないので」というのが精一杯だった。山田さんはなんどもキスをしてきた。山田さんは本当に私のことが好きなのかもしれない。そうだったら、誠意に応えた方が良いのではないか。美しくもなく、これといった取り柄もない私のことを好きだと言ってくれるのだから。

その後、山田さんがセックスをしようとしてきたけれど、山田さんのペニスが全然入らなかった。「痛い、痛い、痛い、痛い」それでも強引にねじ込んでこようとするが私はどうしても痛みに耐えきれず、「やめて!」と怒鳴った。股間を押さえてうずくまっている私に山田さんは「ねえ、俺のこれ、どうしてくれんの?」と自分の大きくなったペニスを指差して言った。痛くて苦しんでいる私に労りの声をかけるでなく、自分の抑えきれない性欲を気にする山田さんに少し怒りが湧いた。「知らないよ、そんなの！」怒鳴る私を見て、山田さんは残念そうだった。

それから数週間後、再度、山田さんとセックスを試みて、やっと入った。自分がエロ漫画を作っているのに、その漫画の女性たちみたいに恍惚とした快感は全くなかった。シーツを見ると血がついていた。処女って本当に血が出るんだなと思いながら、シーツを洗濯機に入れて回した。処女であることが恥ずかしかったし、重く感じていたけれど、それを捨てられてせいせいした。快感のないセックスをして、やっと私は大人になった。

11

母の幸せは私の幸せじゃない

月給一二万で生活をするというのは、かなり厳しく、入社してしばらく経つと、仕事の量も増えてきた。給料日前はいつもお金がなくて、母親にお金を送ってくれとお願いをした。母も、そのうち「もう送れない」と言うようになり、私は死ぬことばかりを考えるようになった。

山田さんと付き合いを続けていたが、山田さんは私に自宅の最寄り駅も、住所も教えてくれない。それどころか、「家には同郷の居候がいる」と言ってきた。「男の居候だ」という山田さんの言葉を信じていたが、今思うと、女がいたのだと思う。友達を紹介してくれと言っても山田さんが首を縦にふる事はなかったからだ。

山田さんは私にとっての初めての彼氏であったけれど、山田さんの方はそう思っていなかったと思う。山田さんは私が作る料理を「まずい」と言って私の目の前でスーパーの惣菜を食べたし、デートらしいデートにも連れて行ってもらえなかった。

山田さんは毎週末うちに来てセックスをした。私は何回やっても気持ち良くならなくて痛いばかりであった。ひどい大声を出すこともあって、山田さんから「もっと声を小さくしろよ」と注意されたこともある。

土曜の朝に山田さんが「新宿にでも行こうか」というので嬉しくなって、とっておきのワンピースを着て「どう？　似合う？」と尋ねたけれど「やめたほうがよくない？」と無下に言われた。それでも、初めて一緒に街中を歩くので、私は否定されたワンピースを着て街に出かけた。

新宿に出かけても、映画も見ないし、デパートにも入らないでただ歩き続けた。突然、山田さんが足を止めて怪しいビルの一階に入った。何やらチェックの紙袋を持っている。

「これ、やるよ」

初めてもらった彼氏からのプレゼントで私は胸がときめいた。家に帰って開けてみたら、プラスチックでできたピンク色の機械が入っていたのだが、何に使うのかさっぱり分からなくて、しばらく放っておいたら山田さんが驚いていた。

「使ってないの？」

私を見ながら聞いてくるので、

「使い方がわからない」

と正直に答えた。

「ピンクローター、知らないの？　電源入れて股間に当ててるんだよ」

山田さんの手元にあるピンクローターは細かに振動していた。

山田さんが帰った後、一人でピンクローターを股間に当ててみた。股間に押し当てているうちに、徐々に気持ちが良くなってきた。自慰行為はしたことがあったけれど、機械を使ったのは初めてだった。ピンクローターを押し当てて快感に身を委ねていると、辛いことがいっとき忘れられた。お金がないこと、山田さんが冷たいこと、仕事が辛いこと。それらが熱い振動と共に粉になって消えてゆく。満足すると、ピンクローターを洗って仕舞った。正直、山田さんとのセックスよりもこっちの方がよかったと感じた。


仕事は続けていたが、慣れてくると徐々に仕事量が増えてきた。経費節約のためデザイナーがやる仕事を私がやることになって、遅くまで原稿と向き合っていた。出る予定のボーナスも出なくて、生活はキツくなるばかりだった。

頭の中には「死」という暗雲が立ち込め、死ぬことでしか今の自分を救う手立てがない気がした。帰る家もなく、生活できるだけのお金もない。部屋の隅に置いてある精神科でもらった薬の袋を開けると、飲み忘れた薬は四〇〇錠近くあった。これなら確実に死ねるのではないかと考えた。

根が真面目である私は、作っている月刊誌が校了した後、家にある精神薬をかき集めて、ビールで流し込んだ。その後、私は友達の友達に発見されて、病院に搬送された。集中治療室で処置を受け、何とか一命を取りとめた後、精神病院に入院した。病院に入院して不安な時、山田さんのことばかりが頭に浮かんだ。彼氏であるはずの山田さんに電話をしたけれど「二度とかけてくるな」と言われた。やっぱり山田さんは私のことなど少しも好きじゃなくて、ただの穴くらいにしか思っていなかったのだとこの時やっとわかった。

私が入院している間に、両親が別居することになった。母は父が購入した茨城の団地に引っ越すことが決まり、退院してから母とそこで暮らすことになった。復職しようと何社か面接を受けるが、全く受からず、そのうち面接を受けるのをやめて引きこもるようになった。働いたり、結婚している同年代の友人を見るにつけ、私の絶望は深くなっていく。本当は美大に進学して、自分がやりたい仕事についているはずなのに、私は年老いた母と暮らして何をしているのだろうか。母と二人きりの密着した生活の中、私は母に怒鳴った。

「何で私が行きたい大学に行かせてくれなかったの!?」

母は泣きながら言った。

「普通に就職して、普通に結婚して欲しかったのよ」

その言葉を聞いた時、目の前が真っ暗になった気がした。

「お母さんの幸せは私の幸せじゃない！」

私は本当に母の願いを知らなかった。そして、母が自分の願いを優先させるために、私の人生を操作していたのだとわかったら、私は怒りと悲しみで胸がかきむしられた。

母の人生は傍目からみても酷いものだった。朝から晩まで家事をして、少しの時間を見つけては内職をしていた。家の中には段ボール箱に入った組み立て前のプラスチックのおもちゃがあり、一個組み立てても数円にもならない。そんな仕事を母は文句も言わずやってお金をコツコツ貯めていた。父に殴られ、罵られながら結婚生活を送る母は私にとって反面教師であり、決して結婚するものか、と幼い時、心に誓った。それなのに、母が私に結婚して欲しいとはどういうことなのだろう。

母娘関係の本を読んでいると、娘にも結婚をして欲しい母親の心理というのは、自分の人生を肯定されたいからだと書いてあった。自分がした結婚を娘がしないというのは、自分の人生を否定されたと感じるのだという。

母がしていた労働は、お金にならない労働だった。父が安心して仕事に行けるように、母は料理をつくり、洗濯をして、掃除をする。ワイシャツにアイロンをかけ、労いの言葉をかける。そうしなければ、父の鉄拳が飛んでくるのだ。母は奴隷船の奴隷だった。甲板の上に立ち、船上で地図を広げ、行き先を決めているのは父で、母は船底でずっとオールを漕いでいるのだ。

あの頃、テレビでは田嶋陽子が「男は自分でパンツを洗え、女にはパン（仕事）を！」と叫んでいた。私は彼女の言葉を当時、きちんと理解できていなかったけれど、彼女は日本の女たちを助けたくてそう叫んでいたのだろう。女は船底で男のためにオールを漕ぐ仕事じゃダメなのだ。自分でお金を稼いで、男と対等にならないといけない。男は外でお金を稼ぐことができない女をどこかで見下している。そうでなければ、あんな態度は取らないはずだ。しかし、家の中に縛り付け、奴隷のような労働を押し付けているのは男なのだ。それは、男というより、男社会であり、現在の社会の形だろう。この社会はどうやっても女は上に登れない。

男たちは下駄を履かされている、というフェミニズムの言葉があるが、とてもわかりやすいと思う。男たちは最初から女より上の場所にいて世界を見ている。下駄を履いているのに、「お前らの方が俺より下にいる」と当たり前のように言う。

思えば結婚という制度は男にとって良いことしかない。栄養のある食事を用意してもらい、身の回りを清潔に保ってもらえる。しかも、自分の血を継いだ子供を育ててくれるのだ。外で働いていない妻はお金がないから、逃げ出すことはできない。そう思えば、多少の暴力や暴言を吐いても男は平気だろう。「どうせ、妻は一人では生きていけない」という気持ちが男にあり、女にも植えつけられている。

母は父に「誰に食わせてもらっているんだ！」とよく怒鳴られていたし、それ以外にもたくさん暴言を吐かれていた。暴力というのは考える能力や未来を見る力を奪う。父の元にいるとき、母はいつも元気がなくて、一日中、布団で寝ている時もあった。そんな生活だったせいか、私の兄は荒れていて、よく私をぶん殴って、裸足のまま家の外に出した。私は兄に家の外に出されそうになって、母に助けを乞うたけれど、母はピクリとも動かなかった。父を頂点とした家庭のひずみは、家庭の中で最弱者である私に全て向かっていた。

「エリちゃんの目って左目が小さくてバランス悪いわよね。整形しなさいよ。お母さんがお金を出すから」

母がそんなことを言ってきたのは、私が引きこもり初めて三年くらい経った時だと思う。

「やだよ。整形なんて。それに、お金がもったいないよ」

私がそういうと、母は悲しそうな声で懇願する。

「お金のことなんて気にしないでいいのよ。お願い、整形しましょうよ」

整形は絶対にしないと母に告げると、今度は化粧をやたら勧めてきた。私はなんとなく、母の思惑がわかってしまった。きっと、母は私に結婚して欲しがっているのだ。今は無職の引きこもりだけれど、結婚したら専業主婦になれる。引きこもりより専業主婦の方が外聞はいい。悔しいけれど、私もそう思う。けれど、無職で出会いもないのに整形や化粧をしてどうなるというのだ。

結婚して男に養ってもらうというのは、女が貧困状態を回避するひとつの手段かもしれない。けれど、私はそれを悲しい決断だと思う。結局他者に頼って生きていく人生は自分の人生ではないし、養われることによって力関係が生まれる。良い夫だったら、妻に対して暴言など吐かないで優しく接してくれるかもしれないが、人に養われる人生は本当に自分の人生なのだろうか。病気や障害があって働けないのなら、仕方ないけれど、ある程度健康なら、自分で稼いだ方が良い。高いヒールを履いて、髪を伸ばし、綺麗に化粧をしている人よりも、髪を振り乱して自分の仕事に終始している女の方が美しいと私は思う。台所に立つだけの人生が女の人生ではないのだ。様々な仕事の場で、働いている女に会える社会こそが素晴らしい社会だと思う。

12

自宅とデイケアを往復する日々

実家で母と暮らす日々を続けていたが、私の精神状態は安定していなかった。早く仕事をしたいと思いながら、病気が悪いのもあり、なかなかアクションを起こすことができない。病気が良くなってから仕事を見つけようと考えているうちに数年が経過していた。家にいて何もしない日々が続くと、暇によってどんどん具合が悪くなる。そんな折、主治医から精神科デイケアを勧められた。

「あなたには居場所が必要だと思うよ」

そう言われて、通院しているクリニックに併設されたデイケアに通うことになった。

朝起きて、着替えて電車に乗り、デイケアのある最寄り駅まで行き、クリニックで受付をしてから、デイケアへ向かう。デイケアはクリニックの上の階にあり、エレベーターで一つだけ上に登ると、クリニックと同じようなドアがある。

デイケアは住居を改造したらしく、キッチンがあり、畳の部屋もあったが、パーテーションが取り払われ広々としていた。

デイケアは初参加なので、緊張しながら挨拶をすると、スタッフがみんなに私を紹介してくれた。メンバーは年齢も性別もバラバラで、いろいろな人がいた。

デイケアはまだできたばかりで、きちんとしたプログラムがないらしく、みんなでデイケアの中に置いてあるカードゲームをやるか、お茶を飲んでおしゃべりするくらいしかできなかった。それでも家に母と二人でいるより、何倍も良くて、私はデイケアのメンバーにたくさん話しかけた。私はずっと寂しかったのだと思う。


何ヵ月か通所していると、次第に人が増えてきて、賑やかになってきた。やってくる人は中学でいじめにあって何年間も引きこもっていた人や、会社でうつ病になって仕事を辞めてしまった人、専業主婦をやっていたけれど、病気になってしまって家にずっといる人など様々だったが、共通しているのは、どこかで社会から脱落してしまったということだった。この社会は健康な男性をモデルとして成立している。学業でそれなりの成績を収め、きちんと就職して働ける人には居心地の良い社会かもしれないが、そうでない人には厳しい社会だ。

行くところのない私は、仕事の代わりにデイケアに毎日通った。いつものようにデイケアのドアを開くと、病気の仲間たちがみんないて、タバコを吸ったり、おしゃべりをしたりして時間を潰していた。私は顔なじみのメンバーに挨拶をして、いつものようにくだらない話をした。それだけでずいぶんホッとした。デイケアに行くことが人生の目標ではないけれど、厳しい社会から避難できるのはありがたいことだった。

プログラムは毎日決められていて、料理や手芸、絵画などがあり、たまに外出もある。

「今日は病院でやる夏祭りに参加します。浴衣が着たい人は申し出てください」

病院というのはデイケアがある病院ではなくて、少し離れた駅にある精神病院で大きな運動場がある。ここのデイケアのスタッフがもともと勤めていた病院のため、行事に参加させてもらっているのだ。

みんなで電車に乗り、駅から歩いて病院に向かう。精神病院は大抵、不便なところにあるため、駅からかなり歩くのだが、みんな文句も言わず歩いていた。病院に着くと、一室を貸してもらって、スタッフに着付けをしてもらう。私は家が貧乏で浴衣を買ってもらえなかったので、着るのは初めてだった。紺の地に赤い朝顔が散りばめられた浴衣を着て鏡の前に立つと、何だか胸がワクワクした。他のメンバーも浴衣に着替えていて、室内はいつもよりテンションが高かった。

「恵美ちゃん、出店に行かない？」

私は自分より年下のメンバーに声をかけて、一緒に運動場に出た。私が声をかけた子は左の手がなくて義手をつけていた。彼女自身、義手であることを気にしているので、誰もそのことについて触れなかった。日常生活にはほとんど問題がないが、物を持つときは少し大変そうだった。精神科のデイケアに来ているということは、体ではなく、心のどこかを病んでいるのだろう。もしかしたら、学校ではそのことでいじめられたかもしれないし、陰で嫌なことを噂されたかもしれない。私は彼女のことが気に入っていて、よく声をかけたし、何かの時には一緒に行動していた。

運動場には大きなやぐらが建っていて、これから始まる盆踊りのための準備が始まっていた。その周りに出ている出店はこの病院の看護師さんたちがやっているもので、値段も普通の露店より安く設定されていた。

「焼きそば食べようか」

恵美ちゃんと一緒に焼きそばの屋台の前に立って、焼きそばを買った。百円玉を三枚渡して、熱々の焼きそばを受け取ると、デイケアのメンバーが陣取っている場所に向かって歩く。精神病院の夏祭りは外部の人にも開かれているけれど、圧倒的に患者さんやその家族が多い。

「小林さん、あそこ」

恵美ちゃんが指差した先には、アクセサリーを売っているお店があった。どうやら病院の患者さんが作業療法で作成した小物を売っているようだ。二人でそのお店に行って、ネックレスやブレスレットを眺めた。きれいなビーズで編まれたネックレスをお揃いで買って身に付けた。

運動場の一部にスタッフが大きなブルーシートを広げ始め、デイケアのメンバーに話しかけている。場所を取ったから使っていいということなのだろう。メンバーたちがブルーシートの上に腰を下ろしてワイワイおしゃべりしている。私と恵美ちゃんもそこに向かっていって、みんなに声をかけた。

「あー！　可愛いネックレス！」

うつ病で主婦をやっている女性が大きな声で私たち二人を褒めた。思えば、デイケアのメンバーは優しい人が多かった。もちろん、性格に難がある人もいるけれど、誰かのことを酷く貶して、仲間外れにすることはなかった。それは私たちが社会から放逐されて、ここに逃れてきたからだと思う。精神障害でなく、知的障害のあるメンバーもいたけれど、彼らを邪険にする人はいなくて、むしろ「面白い」「可愛い」と言って熱心に話しかけている人もいた。私が中学生の時、知的障害のある子がクラスにいたけれど、その子はクラスメイトの誰からも話しかけられていなかった。いつも机に一人で座っていたし、チームを組む時はいつも余っていた。しかし、このデイケアではそれがなかった。私はそれを誇りに思う。

日が暮れて、やぐらに明かりが灯り、盆踊りの音楽がスピーカーから流れ始めた。やぐらの上で太鼓を叩くのが始まると、その周りにワラワラと人が集まりだす。

「東京音頭、始まったよ！　踊りに行こう」

誰かが声をかけると、いく人かが立ち上がり踊りの輪に入った。東京音頭はデイケアメンバーみんなで練習していたのだ。私も東京音頭は覚えたてなので、輪に入って踊り始めた。デイケアのスタッフが声をかけながら、みんな踊る。

「掘って、掘って、また掘って〜」

両手を下にして、踊りの指示をスタッフが出す。私もスタッフの動きに合わせて踊る。自分は茨城の生まれなので、東京音頭を全く知らない。新しいことができるのはなんだか楽しかった。盆踊りは夜の八時くらいまで続いた。

「みんなー！　花火が始まるわよ！」

スタッフが号令をかけると、運動場の端の方にみんなが集まる。この精神病院では、夏祭り終了時に大きな打ち上げ花火をやるのだ。花火の時間になると、近所の住人も集まってきて、大変な賑わいになった。

花火師が花火の大玉に点火すると、真っ暗な上空に花火と大きな打ち上げ音が鳴り響く。

「た〜まや〜」

陽気なスタッフが大声を上げる。私は黙ったまま花火を見上げた。隣では「わー、キレイ」

という声がザワザワと聞こえてくる。花火は次々に打ち上がり、夜空に大輪の花を咲かせる。私は花火を見ながら、少し感傷的な気持ちになった。子供の頃、花火大会が大好きで、毎年夏になると友達や家族と一緒に、河川敷に行った。川辺に打ちあがる大きな花火を見上げ、ドーンという大音響を体にビリビリと感じた。あの頃は、大人になったら、きちんと働いて暮らしていると思ったのに、大人になった私は働かず、精神病院で花火を見ている。私はどこかで人生の選択を間違えたのだろうか。

「小林さん、ナイアガラよ！」

小柄なスタッフがぼんやりしている私の肩を叩く。ハッとして前方を向くと、白い火花が枝垂れ桜のように光を発していた。とても綺麗だったけれど、子供の頃に見た河川敷のナイアガラよりずっと小さくて、すぐに終わってしまった。

身支度を整え、デイケアのメンバーと帰宅の途についた。

私は相変わらず、自宅とデイケアを往復する日々を続けていた。まるでデイケアに行くのが仕事のようだったが、デイケアに行ってもお金は一円ももらえず、それどころか利用料として一日千円近く払わなければならない。それでも、家に一人でいるよりかはずいぶんマシなので、私はよく通っていた。

秋が来て、冬になり、デイケアではクリスマス会が行われた。プレゼント交換をするから、一人三〇〇〇円程度のプレゼントを用意するようにとスタッフから言われた。三〇〇〇円ではまともなプレゼントは用意できないと思うが、みんなお金がないので、それくらいが妥当な値段なのだろう。実際、私も無駄な出費は控えたかった。

クリスマス会はメンバーが自主的に出し物をする。自分で脚本を書いて仲間と一緒に劇をする人や、自慢のギターを披露する人、物真似が得意な人が、腹巻をして寅さんの物真似をしたときは大笑いした。クリスマス会が終わるとプレゼント交換会が始まった。ジングルベルの音楽とともに、みんなでプレゼントを回す。私が当たったのは、入浴剤のセットだった。

「ちょっと！　なにこれ〜！」

大声で女性が袋から出したものは、ろうそくとお線香とライターだった。

「それ、俺だわ」

冗談好きの男のメンバーが挙手した。女のメンバーからは大ひんしゅくを買い、男のメンバーは爆笑していた。

年末年始を母と過ごし、冬が終わり、春になった。デイケアには通い続けていたが、私の生活はそれ以上の変化を見せなかった。むしろ、いつまでデイケアに通うのだろうかという不安が頭をもたげた。春はみんなでお花見をし、初夏にはベースボール大会を精神病院の運動場でやった。デイケアでの生活は終わりのない夏休みのように永遠に続いていく。私は働いていた日々を懐かしいと思うようになった。もう一度働きたいと思いながら、どうやったらまた働けるのかさっぱりわからないでいた。

夏になり、七夕がやってきた。スタッフが用意した笹と一緒に短冊が配られて、みんながそれぞれ願い事を書いて飾った。みんなの願い事を見ていると、「仕事が見つかりますように」「もう一度働けますように」という言葉が何個か見つかった。普段はみんな仕事の話はしないけれど、やはり、社会に戻りたいという願いがあるのだ。

私も働きたくてたまらなかったけれど、病気を持ち、障害を持っている我々は必ず働かなくてはいけないのだろうか。もちろん、働くということは社会に貢献することであるし、日中の居場所もでき、お金までもらえる。心の回復にも一番効く薬になると思う。しかし、競争ばかりが渦巻き、弱者に優しいとは言えない環境で働くのは辛いものがある。それに、社会復帰と口にするけれど、私たちは社会に存在していないのだろうか。働けないもの、日常生活が上手くできない人たちも、社会の一員であることは紛れもない事実だ。それに、私たちだって、電車に乗ったり、喫茶店に入ったりして、幾ばくかの経済活動をしているのも事実だ。

私が望むのは、ハンディキャップを負ったものが、働かなくても心やすらかに生活できる社会だ。良い大学を出て、良い会社に勤めたとしても、心配はなくならない。いつ働けなくなるのかという不安が健康な人にもつきまとう。

私は弱いものが弱いまま尊重される社会を目指している。それは、全ての人にとって居心地が良い社会だと思う。

第二部

13

寂しいから一緒にいるだけ

デイケアには新しいメンバーが時々入ってくる。新メンバーは朝のミーティングの時に、みんなの前で自己紹介をすることになっている。

「島田良雄です。よろしくお願いします」

島田と名乗ったその人は、年齢は私と同じで、中肉中背のパッとしない男だった。デイケアに来る人は、基本的に人に飢えている。引きこもっていたり、退院したばかりで人との関わりが切れそうになっている人など。島田さんもそのような人らしく、自分からいろんな人に話しかけていた。私も島田さんに話しかけられた。

「島田良雄っていいます。よっちゃんって呼んでください」

いい歳をした大人の自己紹介としてどうかと思うが、周りのみんなが笑うので、私もつられて笑った。よっちゃんは比較的すぐに周囲と打ち解けて、デイケアにも毎日来るようになった。

デイケアのメンバーたちは二〇代から三〇代の男女がほとんどを占めていて、仕事がなく、家に引きこもっている人ばかりだった。よっちゃんも中学の時にいじめに遭ってから、学校へ行かなくなり、そのまま家で引きこもってゲームばかりしていたそうだ。そのうち、家で暴れるようになり、精神病院に入院。退院した後、主治医にデイケアへの参加を促され、現在に至る。

よっちゃんのような人はデイケアでは珍しくない。むしろ、私のように短大を卒業して、社会に出たことがある人の方が少数派だった。ほとんどの人が中卒か高卒で、小学校から学校に行っていない人もいた。みんな、青春らしい青春を送っておらず、寂しい人が多かったためか、デイケアが終わった後も、ファミレスに寄って、ドリンクバーで長居をすることが日課のようになっていた。

平日の昼下がり、いつものようにファミレスでおしゃべりしていると、突然よっちゃんが神妙な顔をして私に詰め寄った。

「あのですね、実は、小林さんのことが好きなんです。付き合ってくれないでしょうか」

突然の告白にメンバーはいろめきだった。びっくりしたものの、私も悪い気はしなかった。山田さんと別れてからずいぶん経っていたし、好意を寄せられることは素直に嬉しかった。

「お友達からならいいですよ。今度、遊ぼうか」

そう言ったら、よっちゃんは恥ずかしそうに頭をかいた。デイケアのメンバーはよっちゃんをなんやかんやと冷やかしていた。

日曜日、私と一緒にゲームで遊ぶために、よっちゃんは私の家にきた。よっちゃんの唯一の趣味はゲームで、自宅で引きこもっている時は、ずっとゲームをしていたそうだ。

一緒に格闘ゲームをやった後、ジュースを飲みながら話をしたのだが、よっちゃんは私と趣味が合わないことに気がついた。本も読まないし、映画も見ない。音楽は流行っているアーティストのベスト盤を聴くくらいで、カルチャーにどっぷりハマっている私には物足りない相手だ。しかし、だからと言って「もう遊びたくない」とまでいかないし、社会のどこにも所属していない私は、寂しすぎて誰でも良いからそばにいて欲しいという気持ちがあった。しかし、よっちゃんの外見は私の好みと酷くかけ離れていた。薄くなった頭皮に、たるんだお腹、身長もそんなに高くない。だが、私の中の良識として、外見で人を判断してはいけないというのがあったので、その考えを引っ込めた。

夕方になったので、よっちゃんは帰り支度をして、玄関に立った。その時、自分のほっぺたを指差してきた。ここにキスしろという意味らしい。一瞬戸惑ったが、人から好かれるのは久しぶりなので、悪い気はしなかった。何より、精神疾患で引きこもりの私を好きになってくれる人など、この先に現れない気がした。

よっちゃんのほっぺたに軽くキスをすると、彼は小躍りで団地の階段を駆け下りた。

「あんた、今何していたの？」

母が居間から出てきて、私に尋ねてきた。

「なんでもない」

少し優越感に浸って私は答えた。


よっちゃんと付き合うようになってから、退屈だった毎日が楽しくなった。よっちゃんはデイケアが終わると、原付に乗って、私の家まできた。私の部屋でよっちゃんがゲームをするのをただ眺め、お喋りをしながら過ごした。

ある日、よっちゃんがセックスを求めてきた。私は山田さんと別れてからずっとセックスをしていなかったので、求めに応じた。母親がいる自宅でやるのは嫌だったのだけれど、よっちゃんにそう言えないし、そもそもラブホテルに行くお金がない。よっちゃんはジーンズを下ろし、下半身を丸出しにした。裸になるとたるんだお腹周りが目立ち、お世辞にも美しいとは言えない。前の彼氏の山田さんはひどい人だったが、体が引き締まっていて、身長も高く、顔も悪くなかった。それを思い出すと、より一層よっちゃんの醜さが際立ってくる。考え始めると辛くなるので、意識を一瞬飛ばした。よっちゃんは腰をヘコヘコと動かして、あっという間に果てた。

よっちゃんと付き合い出してわかったのは、よっちゃんは性的なことに強い執着を持っているということだった。よっちゃんの家の中の押し入れには、エロ漫画がみっちり詰まっていた。そして、よっちゃんは、私と会うごとにセックスをしたがった。私もセックスが嫌いではないので、応じていたが、めんどくさいと感じる時もあったし、やりたくない時もあった。生理の時も求められて、嫌だけど応じた。山田さんに「生理中でもセックスできるよ」と言われて「そうなんだ」と馬鹿な私は普通に応じてしまったのだが、生理中は性感染症のリスクが高く、普通のカップルは生理中のセックスは避けるのが常識だ。私は女友達とセックスの話をしないし、社会からドロップアウトしてから、学生時代の友人たちとは縁が切れていた。インターネットも今ほど普及していなかったので、性に関する情報があまり入ってこなかったのだ。

冬のある日、風邪をひいて熱を出した。布団で寝ていたら、よっちゃんがお見舞いに来た。

「お見舞いに来てくれて嬉しいけど、あんまり喋れない」

と呟き込みながらよっちゃんに話しかけた。

「セックスしていい？」

よっちゃんは普通の調子で言った。

私はこの時に断るべきだったと思う。しかし、嫌われるのが怖い私は断れなかった。仕事もしておらず、お金もない私にとって、彼氏という存在は、自分の価値が上がる唯一の持ち物だった。

熱でだるい体のまま、よっちゃんとセックスをした。早く終わってくれという思いと、薄い壁を隔てた先に母親がいるという罪悪感が私の胸を潰した。

よっちゃんはセックスが終わると、さっさと帰った。そして、次の日にまんまと風邪をひいた。馬鹿な男だと思った。


よっちゃんと付き合って一年くらい経った時、旅行に行く計画をした。山田さんとは付き合っていたけれど、旅行なんて行ったことがない。よっちゃんと本屋さんへ行き、旅行雑誌を買った。どこにしようか悩んだが、一番、近くて、安く行ける箱根に決めた。私は宿の予約やチケットの手配はよっちゃんがやるのかと思ったが、よっちゃんは少しも自分で動こうとせず「ここの食事が美味しそう」などと、ページをペラペラめくりながら独り言を呟いている。物事を進めるのは男の仕事のような気がしたが、そういうのも良くない気がして、私が宿や鉄道の予約をすることにした。自宅の電話機を持ってきて、雑誌に書かれている電話番号をプッシュする。

「はい、その日に二名で予約をお願いします。チェックインの時間は何時からですか？」

無事に予約を済ませて、よっちゃんの方を見ると、テレビでやっているアニメを見ていた。「予約取れたよ」と私がいうと、「そう」とだけ返してきた。これといった感謝の言葉もなく、少し腹が立ったが、気にしないことにした。

旅行当日、箱根は大雨だった。空には重い雲が垂れ込めて、大粒の雨がざんざんと降ってくる。強風も重なり、バス停に移動するだけで、服が雨で濡れてしまった。それでもせっかく来たのだからと、芦ノ湖までバスで向かう。他の観光客も私たちと一緒に数名降りたが、バスに乗ったままの人も多かった。持ってきた傘をさして、芦ノ湖まで向かうが、雨粒が私たちの体に容赦無く降り注ぐ。なんとか到着したが、灰色の空と黒い湖は少しも美しくない。

「もう宿に行こうか」

私がそう言うと、よっちゃんも静かに頷いた。私たちは来た道を戻り始めた。雨はどんどん激しくなり、洋服は濡れそぼり、体にまとわりついて気持ちが悪い。寒さを我慢しながら、バス停で今日泊まる宿方面のバスを待つ。冗談すら口にすることができず、私たちの空気も険悪なものが漂っていた。ようやくバスが到着して、座席に腰掛け、窓の外の景色を見ようとするが、何も見えず、私はただ、雨粒が叩きつけられる窓をぼんやり眺めているだけだった。

今日の宿はペンションで、雑誌で見たときは、とてもおしゃれで明るく映っていたのに、実際に到着すると、古ぼけていて薄暗かった。置かれている家具も古く、お金がかかっていないのがよく分かった。雑誌に載っていた中で、一番安い宿を選んだので、当然といえば当然だろう。通された部屋にはベッドが二つ置かれていて、ベッドの脇には頼んでおいたワインがあった。希望のお客さんに、サービスとしてワインを無料で振る舞ってくれると雑誌に書いてあったので、私が頼んでおいたのだ。

シャワーを浴びてから、早速、ワインを口にしたのだが、今まで飲んだどんなワインよりも不味くて思わず笑ってしまった。「このワイン、すごい味だわ」私がベッドに座りながら、ワインを飲んでいると、よっちゃんは私に飛びかかってきた。なんだ、この状況でもセックスか。よっちゃんの頭の中はセックスばっかりだ。しかも、この間、行きつけのエロ本屋で売られていたと言って、バイブを買ってきたのだ。

私は山田さんにピンクローターをプレゼントされたことがあるので、特に驚きもしなかったが、男が女向けに開発したバイブはグロテスクだった。薄紫で、根っこの部分に偽物のパールがぎっしり詰まっている。私はそんな異物を股間に突っ込まれて、喘がないといけないのか。

思えば、私は心から好きな人とセックスをしたことがない。短大生の時に好きだったサークルの部長には振られてしまったし、その後に好きな人ができた試しがない。よっちゃんのことはサークルの部長のような気持ちで好きではなかった。ただ、寂しいから一緒にいるだけだった。この薄紫のバイブと一緒で、寂しいから使っているただの道具だ。

次の日は晴れて、明るい青空が広がっていた。よっちゃんと一緒に有名な観光地をぐるりと回って、無事に帰宅した。

よっちゃんが私の家にいる時に、こちらを向いて口を開いた。

「ねえ、なんで俺と付き合っているの?」

彼の目は期待に溢れていた。「俺のことが好きだから付き合っている」という自信が見えた。

「惰性」

私はポツリと答えた。私の口をついたその言葉は、よっちゃんとの関係を表すのに最も適切な言葉だった。よっちゃんは目を宙に泳がせたが、結局、何も答えなかった。

数日後、よっちゃんは「ひどいよ」と私に言った。惰性の意味がわからなかった彼は、気になってネットで調べて、ようやくその意味を知ったという。惰性という言葉すらわからないというのがおかしくて、私は大声を出して笑ってしまった。

それでも、私たちは別れなかった。お互いの存在がお互いを縛り、別れるというエネルギーを使うことに耐えられなくなっていた。よっちゃんのことを馬鹿にしていた私だが、よっちゃんがいない時は、不安でどうしようもなくなって、しつこく電話することが多かった。私はこの世界のどこにも居場所がない寂しさをよっちゃんで埋め合わせをして、よっちゃんは私の体を使って、性的快楽を求め続けた。

デイケアでは私たちは仲の良いカップルとして認識されていた。私はよっちゃんと付き合いながら、よっちゃんのことが好きじゃないということに自分でも気がつき始めた。そして、デイケアにやってくる新しい男の人に自分から積極的に声をかけて、告白した。彼のことがタイプだからというのもあるが、よっちゃんと早く別れたかったからというのが本音だ。新しい彼氏ができれば、よっちゃんと自動的に別れられると考えていたのだが、彼らは「彼氏がいる人に告白されても困る」と断った。私は時折、よっちゃんに別れを切り出したが、あまりうまくいかなかった。

よっちゃんはデイケアの後に私の家に来るのをずっと続けていたのだが、お金を請求し始めた。なんでも、私の家に来る時に使う有料道路の代金を払うのが大変だからだそうだ。その金額は三〇円だった。三〇円を毎日請求されながら、私は大事なものが少しずつ自分から失われていく気持ちがした。

さらに、よっちゃんは、私の家で、毎晩、晩ごはんを食べて帰るようになった。夜の七時を過ぎても帰らないよっちゃんのため、母が気を使って食事を用意してくれたのだ。よっちゃんは当たり前のように出された食事を食べ、私の部屋でゲームをしたり、テレビを見て帰っていった。

デイケアがない、休みの日も、よっちゃんは私の家に遊びにきた。お昼ご飯を作るのは私の役目だった。よっちゃんがフォーを食べたいというので、一緒にスーパーに行って、食材を買う。肉売り場で鶏胸肉を手に取ると、よっちゃんが口を挟んだ。

「俺、胸肉、嫌いなんだよ。もも肉にしてよ」

私はその時、頭の中で、プツンと糸が切れた。食事を作ってもらうのが当たり前、美味しいものを食べるのが当たり前のよっちゃん。私と私の母親からしてもらっていることに対して、感謝も何もない。そもそも、なぜ、胸肉を買うのかと言えば、お金がないからだ。無職であるのだから、節約をするのは当たり前だろう。働いてもおらず、結婚してもいない男に、なんで「胸肉じゃなくて、もも肉にしろ」などと言われなければならないのか。

私は手に持っていた買い物かごをバシンと床に叩きつけた。

「買いたかったら、自分で買えよ！　お金がないのに、わがまま言うんじゃねえ！」

そのまま、よっちゃんを置いて、スーパーを後にした。いつもは私に対して尊大な態度を取るよっちゃんだが、私が切れたことに驚いてしまって、あたふたしている。私は肩を上下させながら、公園を抜けて、家に戻った。ストレスが溜まるこんな関係を早く終わらせたかった。

よっちゃんと別れたい私は、デイケアが終わった後、デイケアに参加している男の子を誘って、ファミレスに行った。よっちゃんはその後をつけてきて、少し離れた席に友達と座って、私を観察していた。私はよっちゃんに気がつかない振りをして、男の子と話し続ける。

「もう〜、終わりだね〜、君が〜小さく見える〜」

こちらに聞こえる声でオフコースの「さよなら」をよっちゃんが歌い始めた。ファミレスのウェイトレス達がこちらを見ている。いたたまれなくなって、私が外に出ると、よっちゃんも外に出た。

「やめてよ！　ああいうの！」

私が怒鳴ると、よっちゃんも怒鳴る。

「どっちが悪いと思ってんだよ！」

よっちゃんは背が低いけれど、怒鳴ると凄みがあり、思わず怯んでしまう。自分より強い男の人と別れる時って、どうすればいいのだろう。混乱の中、私はとぼとぼと家に帰った。

私はそれでも、よっちゃんと別れたいという思いから、デイケアに来ている男性の中で、まともそうな人を選んでは、話しかけていた。その度によっちゃんは背後霊のようにそばに寄ってきて、オフコースの「さよなら」を歌う。本当にさよならできたら、どんなに楽だったかと思う。

よっちゃんはデイケアの後は、毎日、私の家に来た。よっちゃんは漢字の書取りドリルを持ってきて、勉強を始めた。中学から学校に行っていない彼は、勉強が全くできない。私がそれを時々指摘するので気にしていたのだろう。よっちゃんの手元を見て、漢字の書き順を見たら間違えていた。

「書き順、違ってるよ」

ぼそっと言ったら、よっちゃんは烈火の如く怒った。

「何、言いやがんだよ！　俺、帰るからな！」

立ち上がり、荷物をまとめて玄関に出る。私はびっくりして、よっちゃんの腕を引っ張った。

「ごめんね、帰らないで」

思わず、両方の目から涙が溢れる。彼を傷つけたことより、怒らせてしまったことが怖かった。

「離せよ！　うぜえ」

よっちゃんは私の腕を振り切り、階段を降りる。私はどうしたらいいか分からなかった。なんで、書き順の間違いを指摘しただけで、こんなに怒るのだろう。意味もわからず、ただ、「ごめんね」だけを機械のように繰り返す。

怒らせてしまったことが恐ろしくて、周りの目も気にせず、泣きながら必死によっちゃんの腕に抱きついたが、私の制止を振り切り、よっちゃんは原付を走らせて帰って行った。

今思うと、彼は、短大出身の私に対して、酷く劣等感を持っていたのだと思う。しかし、短大を出ていることは私の罪ではない。

学歴が一切ないよっちゃんだったが、プライドは一人前の男と同等だった。多分、私はよっちゃんより、一歩後を歩かなければいけないのだ。しかし、仕事もしておらず、収入もない彼と付き合い続けることに、なんの意味があるのだろう。けれど、別れることができないまま、ずるずると付き合い続けるしかなかった。

14

最低で最悪のカップル

よっちゃんと付き合い始めて数年が経過した。よっちゃんは相変わらず、デイケアが終わった後、私の家に寄ってから自宅に帰る。交通費はいまだに請求してきていた。

私は二〇代の後半になり、短大時代の友人から結婚の知らせが届き始めるようになり「もう、そんな年齢なのだな」と、思った。よっちゃんは仕事を始める様子もないし、彼の口からは「結婚」という単語も出てこない。結婚してしまえば、私は引きこもりから専業主婦という「普通」に滑り込めるけれど、それもできない。

日曜のある晴れた日、久しぶりに東京に出て、新婚生活のための新居を借りたという友人の家を訪れた。吉祥寺にあるマンションで、新婚カップルに相応しい作りだった。

「いい部屋だね」

私は新居で周りを見渡して呟いた。白い本棚やセンスの良い家具は、これから始まる幸せな生活を祝福しているようだった。

「ここ、見つけるの、結構大変だったよ」

友達の言葉を聞きながら、新居のフローリングの床を撫でると、ひんやりとして少し気持ちが良かった。

思えば、私が育った家は畳の部屋しかない団地だった。東京の編集プロダクションで働いていた時は、絨毯が最初から敷いてある部屋で、夏場は暑くて大変だった。私にとって、フローリングの床は富と幸せの象徴だ。友達は付き合っている彼氏と結婚するけれど、私にはこんなことは起こらないだろう。無職のよっちゃんと結婚する未来は思い描けない。帰りの電車に揺られながら、友達と自分の差を思うと、私は恥ずかしくてたまらなかった。

私は『働きたい』という気持ちをずっと抱えていたが、なかなかうまくいかないでいた。日曜日に毎週新聞に入ってくる折り込みの求人票を見ているものの、実家の周りには工場やスーパーばかりで、私がやりたいデスクワークの仕事はない。それに、勤務地が車でないといけない場所ばかりだし、資格の欄にも「要普免」とある。

私は車の免許を持っておらず、移動は免許を持っている母に任せきりになっている。家族の都合とはいえ、車が必須の町で暮らすことを想像していなかったので、これにはまいった。免許くらい取ればいいいと、人は思うだろうが、精神薬には眠気を誘う薬があるので、事故を起こしたらと思うと、怖くて乗りたくない。

それでも探せば「未経験歓迎！」の文字が見つかるが、スナックやキャバクラの水商売ばかりだ。それすらも、年齢ギリギリで、自分がやれる仕事はほとんどない。いっそのこと、水商売をやろうかと考えたが、実家から通う勇気もなく、自分が女として売れる自信もなかった。時間ばかりが過ぎてゆき、よっちゃんとの不毛な関係が続いていくだけの日々を過ごしていた。

よっちゃんは最近お金を使うことを覚えた。障害年金を受給し始めたからだ。発売されたばかりのゲームを買い、新しいゲームの機種が出たら迷いなく購入した。だからといって、私に食事を奢るなどということはない。無職の私たちはいつも割り勘だった。よっちゃんが浪費して金欠の時は、私が奢った。

よっちゃんは、最近デイケアにきた年上の女性に熱を上げていた。「美紀ちゃんは可愛いよな。美紀とやりてぇ」と私の前でいつも言っていた。私はどうでも良くてシカトしていた。

「エリコさんはデブス」

私の顔を見て、よっちゃんは笑いながら言った。デブスとはデブとブスを合わせたよっちゃんの造語だ。確かに私は薬の副作用でよっちゃんと出会った時より、体重が五キロ以上増え、痩せているとは言い難い体だ。

「あと、ピーマン尻」

ピーマン尻という言葉を初めて言われてびっくりする。どうやら、垂れているということらしい。恋人の容姿をバカにするという最低のことをしながら、自分に罪の意識はない様子だ。

よっちゃんは私の前で堂々とエロ漫画を見せてくる。

「なあ、この漫画の女の子、美紀ちゃんに似てない？　困り顔のところとか、地味なところとか」

そうやって見せてきたエロ漫画の女の子は、三つ編みに眼鏡姿で、顔を赤くして、大きな胸を露出している。

「この漫画で何回も抜いちゃったよ。あー、美紀ちゃん可愛いよな」

私の前で、私以外の女の名前を連呼する。私はそんな姿を眺めるだけで、文句すら言えない。

それでも、セックスはしていたのだが、次第によっちゃんが私の体を求めなくなってきた。あんなにバカみたいにセックスをしたがる男に何があったのだろうと疑問に思うものの、理由が見つからない。美紀ちゃんのことが好きだから、私とやりたくないのだろうか。その時、私は自分の体をまじまじと眺めた。

今かかっている主治医が薬を出すのが好きな医者で、私は大量の薬の副作用で、体重がどんどん増加していた。鏡の前の自分はよっちゃんに告白された時とは似ても似つかない姿だった。顔はパンパンに膨れ、ウエストは八〇センチを超えて、ウエストがゴムのズボンしか入らない。体重計に乗ると、七〇キロを超えていた。もしかしたら、私がデブで醜いから、セックスを求めなくなったのかもしれない。そう気が付いて、私はショックを受けた。自分が女として見てもらえないことと、よっちゃんは私個人が好きなのではなく、ある程度、容姿が良かったから付き合ったのだ。

頭にきた私は、ダイエットを敢行した。三度の食事は全てカロリー計算して、一日の食事は一二〇〇キロカロリー以下にした。そして、デイケアから帰ってくると、毎日、家の周りを三〇分以上ウォーキングした。よっちゃんもウォーキングについてきたが、歩くのが嫌なので、自転車で私の周りをふらふら追いかけていた。よっちゃんもスリムとは言い難い体型なのだから、一緒に歩けばいいのにと思ったけど、言わなかった。彼は、自分では自分のことをイケメンだと思っているらしく「俺ってちょっと太ってはいるけれど、顔はいいよな」と鏡を見て惚れ惚れしているのだ。

私は激しいダイエットを一年間続けた。その結果、一〇キロ体重が落ちた。今まで履いていたズボンは全て買い換えた。そして、見事痩せた私を見て、よっちゃんは「痩せたね」などとは言わず、また、体を求めるようになってきた。私は「勝った」と思った。私は馬鹿みたいなプライドのために、激しいダイエットを耐えたのだ。全く気持ちよくないセックスをしながら、私は満足していた。よっちゃんはアダルトグッズ店で、ローションを買うようになった。なぜ買うようになったのか、聞かなかったのだが、多分、私はあまり濡れていなかったのだと思う。

私はよっちゃんと別れることを諦めていた。付き合いが長くなってきて、別れることも面倒になっていた。それに、恋愛経験が乏しいので、後腐れなく別れるやり方もわからない。

そういう私の考えを察してか、よっちゃんは他の女が欲しくなっているようだった。その頃、デイケアのメンバーの間で、出会い系が流行り始めていた。ガラケーの出会い系サイトで、女性と出会って、やっているメンバーが何人かいたのだ。よっちゃんはその話を聞いて、早速登録し、ポイントを購入しながら、メールをやりとりしていたのだが、あと少しのところでポイントがなくなってしまった。追加でポイントを購入しようとしたが、お金がない。考えた末に、街金でお金を借りようと考えて、無人店舗に足を踏み入れた。しかし、無職だということで、お金を借りられなかった。

「ひどくないか？　俺、障害年金をもらっているから、収入があるのに、借りられないっていうんだぜ」

ことの顚末をよっちゃんは私に丁寧に教えてくれた。私はなんでこんなバカと付き合い続けているのだろうと思うと、悲しくなった。そして、今の私にはこんな男しか付き合ってくれないのだとわかったら一層悲しくなった。

よっちゃんと本屋さんに行って、私は漫画のコーナーをうろうろして、数冊の漫画本を手に取った。

「よっちゃんは何を買うの？」

そう言って、彼の手を見ると、持っていたのは「マル秘、裏サイト」といった文字が踊る黒っぽい雑誌だった。明らかにいかがわしい本で、表紙には女の裸もあった。

「ここ、見てよ」

そう言ってよっちゃんが指し示したのは、胸も膨らんでいない、幼い女の子の股間に絆創膏が貼ってある画像だ。あまりの酷さに何も言えない。

「これは、見たいよな」

そう呟くと、よっちゃんはレジにそれを持っていった。私は止めることもできず、見ていることしかできなかった。

よっちゃんはあの雑誌を買って以来、裏サイトとか、闇サイトを巡るのを楽しんでいるようで、時々、ガラケーでとんでもないものを見せてきた。

「俺、スカトロもいけると思う」

そう言って見せてきたのは、女が脱糞している動画でびっくりして大声を出してしまった。

そんな私を見て、よっちゃんはゲラゲラと笑う。

「これもすごいぜ」

小さなガラケーの画面に、泣き叫ぶ小さな女の子が映った。まだ、幼稚園ぐらいの幼い子供だ。よく見ると、裸で椅子に手足を縛られている。私は驚きのあまり声が出ない。これは犯罪なのではないか？　すると、少女の周りにマスクとサングラスをした男が出てきて、カメラに映り込む。

「やめて！　何これ？　犯罪じゃないの？　なんなの？」

私はショックと混乱でおかしくなりそうだった。ネットにこんな動画をあげて、誰も警察に通報しないのか、男たちはこんな画像をお互いこっそりと見せ合って楽しんでいるのか、そして、目の前にいるよっちゃんも罪の意識なく、楽しんでいる。

「そういうの、もう二度と見せてこないで！」

大声で私は怒鳴った。それでも、時々、あの動画を思い出しては、気分が悪くなってしまい、なぜ、あんなものが流通しているのか不思議でならなかった。


よっちゃんは裏サイトにハマり出してから、他の関連書籍も購入しているらしく、その雑誌に載っている裏ＤＶＤを購入し始めた。未修正である上に、出演している女の子は未成年だった。

「これ、伝説的なやつなんだぜ」

そう言って、よっちゃんがＤＶＤを見せてくる。画質の悪い映像には、まだ幼い女の子が顔を出して映っている。こんなものを伝説だなんて反吐が出る。彼女のプライバシーや人権はどうなっているのか。

「面白くないから止めて」

私は恐ろしくて見たくなかった。見たら自分がおかしくなってしまう気がしたのだ。

よっちゃんもそれ以上は見せてこなかったが、裏ＤＶＤは買い続けていた。しかも、一度にたくさん買うと安くなるからとバカのように大量に買っていた。しかし、児童ポルノ規制法がニュースで取り上げられるようになると、よっちゃんは焦り始めた。そして、大量のＤＶＤをゴミの日に捨てることにした。ゴミの収集人にバレたらどうしようかと気が気でなかったらしく「見つかったらどうしよう」と、私に電話までしてきた。結局、ゴミ収集車が自分の裏ＤＶＤを持っていくところを物陰からこっそり見守っていたらしい。

法規制なんてしても、意味がないと思っていたが、実際に購入していた人が恐れるようになるということは、一定の効果があるのだとわかった。そんなことを、自分の彼氏で知ることになるとは思いもよらなかったが。

よっちゃんはＡＶが大好きで、いろいろなものを見ているらしく、特に好きなのは、中出しや精子をぶっかけるものだった。

「ねえ、生でやらせてよ。ね？　ね？」

よっちゃんはここのところ、しつこく生でやることを要求してくる。彼の頭の中では、妊娠したらどうなるのか、というところまでは考えていないのだろう。

「やだよ、なに考えてるの？　妊娠したらどうするわけ？」

そうしたら、よっちゃんは
「アフターピル飲めばいいじゃん」

と、のたまった。

アフターピルの存在を知っていることに驚いたが、なぜ、アフターピルが存在しているのかの理由を考えたことはなさそうだ。そもそも、アフターピルは手に入れるのに病院での診察を受けなくてはならない。「彼氏と中出しセックスをしたので、アフターピルください」とでも言わせるつもりだろうか。

他にもＡＶの悪影響があった。

「俺、クスコでエリコさんのまんこの中、覗いてみたい」

などと言いだした。

クスコというのは膣の中を見る医療器具なのだが、それを使ったＡＶがあるらしい。昨今、男性たちへの悪影響としてＡＶが挙げられているが、あながちそれも間違いではないかもしれない。

私はよっちゃんが、どんどん嫌いになっていった。しかし、長い付き合いをどうやって切ればいいのか分からない。よっちゃんの男友達とも仲がいいし、デイケアのメンバーも私たちのことを知っている。そもそも、別れたいといって素直に従う男ではない。

よっちゃんと日曜日に本屋さんへ行った。私は雑誌を立ち読みし、新刊の漫画を眺めていた。欲しい漫画を一冊買うためにレジに並んで購入したあと、よっちゃんと一緒に本屋を出た。その時、よっちゃんが店員さんに呼び止められた。店員さんに言われるがまま、バッグを開けると、よっちゃんが大好きなゲームの攻略本が入っている。多分、万引きしたのだろう。よっちゃんは店の奥の方へと連れられていった。いい歳をして、万引きって何を考えているのだろう。障害年金があるのだから、お金がないわけじゃない。呆れ果てて、バカバカしくなってしまう。こんな人と、早く別れたい。もう嫌だ。

自宅に帰って、よっちゃんからの連絡を待っていると、電話がかかってきた。これから私の家に来るという。帰ってきて、初犯だということで、多めに見てもらったと教えてくれた。

「なんで、そんなことしたの？」

という問いに、

「だって、エリコさんも、昔、万引きしたことがあるって言ってたから」

と言い出した。

確かに、私も万引きをしたことがある。それは編集プロダクション時代の貧乏だった時の話だ。もちろん、私もしたことがあるが、だからといって、自分もしてもいいという理由にはならない。それに、自分がした万引きをまるで、私のせいのように言うのも腹が立つ。

よっちゃんが自分の将来をどう考えているのか、私にはさっぱり分からなかった。私は大検を取ったりして、学校に入り直せばいいと考えていたが、そういう言葉は彼から出てこなかった。そもそも、私がこうして、よっちゃんの行き先を案じること自体が共依存的関係なのだろう。私とよっちゃんは家族ですらないのに。

それでも、働きたくないというわけでなく、デイケアのスタッフに誘われて、作業所で働き始めた。しかし、作業所の工賃は時給にして百円くらいなので、生活はできない。それでも、一年くらい続けていたが、仕事内容に不満を持ち、辞めてしまった。その後、自分で応募して、宅急便の配達の仕事をしていたが、周囲の目や上司の言葉が気になりすぎて、強迫的になり、具合が悪くなって数ヵ月で辞めてしまった。

よっちゃんと、デパートに行った時、アクセサリー屋さんの前を通りかかった。ハイブランドと思われるディスプレイの台の上にはダイヤとプラチナであしらわれた指輪がキラキラと光っている。

「いいな、一度でいいから、こんなのつけてみたいな」と呟いたが、よっちゃんは聞こえないふりをして、さっさと行ってしまった。

私はよっちゃんにはできる限り、良いものをプレゼントとして渡していた。よっちゃんは子供が使うようなポリエステルの財布を使っていたので、皮の財布をプレゼントした。よっちゃんは革製品を初めて使ったらしく、とても喜んでいた。他にもバレンタインにはデパ地下で五千円近くするチョコをあげたこともある。しかし、よっちゃんがお返しでプレゼントでくれたものは、春先になって値段が安くなったパッションピンクのマフラーと真っ赤なミトンの手袋や、千円程度の変な石のついたネックレスだった。一番高かったものは、デパートで買ったコートで、それは嬉しかったけれど、無職の彼氏からもらうには気が引けるものだった。

しかし、よっちゃんにはいいところもあり、私が自殺未遂をして、入院した時は、よくお見舞いに来てくれた。よっちゃんは私のためにゲーム機を持ってきてくれたり、漫画本を差し入れてくれた。

私たちはきっと、最低で最悪のカップルだったと思う。おしゃれな町でデートをすることもなく、高価なプレゼントを贈り合うこともない。寂しいからという理由だけで、お互いを必要とし、お互いの存在だけで、生きる理由を見出していた。私たちは確かに最低だけど、世の中の夫婦だって似たようなものだろう。お互いがいないと生きていけず、夫の愚痴を言い、妻に暴力を振るう夫婦は共依存の糸に絡め取られ、離れたくても離れることができない。ただ違うのは、私とよっちゃんは結婚していなくて、子供もいない。別れようと思えば、なんの傷跡もなく別れられるということだ。

15

世界で一番情けない生き物

自宅とデイケアを往復する生活を続けていたが、私の精神状態は良くなかった。もうすぐ三〇歳になろうとしているのに、職に付けないことは酷く苦痛であったし、バイトすらも受からない。無職の精神障害者で、デイケアに通うだけの日常を送っていようとも、社会の一員であると頭で理解していても、感情がついてゆかない。世の中は健康な人たちのルールで動いていて、自分はそこから脱落しているのだ。きちんと仕事をして自分でお金を稼いでいる人たちからしたら、自分は社会のお荷物で要らない存在とされている事実が苦しかった。

実家にいる時に、母のいない隙を狙って、何度か薬を大量に飲んで自殺を図ったが、死ねなかった。そんなおり、デイケアのスタッフから「一人暮らしをしてみないか」という声がかかった。一人暮らしをするお金はないし、何より母が反対したが、私はそれでも家を出たかった。このままここで母と二人きりの生活を続けていても未来が切り開かれるとは思えなかったからだ。三〇歳の春、私は茨城の実家を出て、アパートで一人暮らしを始めた。

東京で暮らしていた時のアパートよりオンボロだったけれど、気持ちは晴れやかだった。スーパーに買い物に行き、自分で料理をして食事をすると生き返った気持ちになる。しかし、その生活も長くは続かなかった。よっちゃんもデイケアのスタッフに誘われて一人暮らしを始めることになったのだ。

アパートを探したことがないというよっちゃんのために、私は彼と一緒に不動産屋を巡った。男女一緒に不動産屋に入ると、まるでこれから二人で住む新居を決めるかのようだが、そうではないので、ひたすら「友人」を強調した。不動産屋さんが物件を提案しても、よっちゃんはあまり自分の意思を示さないので、最終的に私が良いと思った物件に決めた。新居の家具を買う時も私がついて行った。思えば、よっちゃんの両親はよっちゃんが初めて一人暮らしをするというのに、何にもしない。仕事が忙しいというのもあるかもしれないが、あまりにも無関心なのではないだろうか。私はよっちゃんの親の代わりに、洗濯機はこれが良い、冷蔵庫はこれと決めていく。自分で何も決めることができないよっちゃんに苛立っていたが、両親から興味を持ってもらえないよっちゃんを少しかわいそうに思った。

よっちゃんのアパートはクリニックの近くで、私のアパートとも程近いところになった。よっちゃんは自分の引っ越しが終わったら、当たり前のように私のアパートに遊びにきた。よっちゃんが年中アパートに来るので、私は合鍵を渡すことにした。付き合いが長いので、それが当然のように思えたのだ。

私は昼間の間はデイケアで過ごしているため、夕方になるとよっちゃんは私のアパートにやってくる。よっちゃんは、私が作った夕食を食べて、家で一緒にテレビを見た後、夜遅くに自分のアパートに帰っていく。自立のために家を出たのに、よっちゃんは早くも私という依存先に甘え始めた。


一人暮らしを始めてから、私はスタッフに誘われて講演会で当事者として話をする機会が増えた。一人暮らしをしているというウリがあるので、連れて行きやすいのだろう。市民会館やコミュニティホールなどの会場で病気の子供を持つ親や支援者の前で体験を話すのは、仕事のようで嬉しかった。それに、毎日退屈だったので、予定が入ることも嬉しく、生活にハリができた。しかし、よっちゃんは逆だった。私が講演会に行くことが気に入らないらしく、行っている最中にメールや電話をしつこくかけてくる。

「今、会場に向かっている最中だから、後にして」

そう伝えても、「一緒に講演会に行っている男と仲良くしてんだろ」などと、絡んでくる。切った後も電話がなり続け、会場に移動することもできない。私は頭にきて思わず怒鳴った。

「うっせえって言ってんだろ！」

道路の真ん中に仁王立ちになり、携帯電話に向かって声を上げる。通行人がこっちを見てギョッとしている。私は普段は穏やかで、怒ることは滅多にない。それなのに、よっちゃんといるとイライラして自分がひどく醜い人間になっていく。講演会が終わった後、スマホを確認すると、よっちゃんからメールが何通も来ていた。

電車に乗って自宅の最寄り駅に着くと、よっちゃんは駅の改札でずっと私を待っていた。私の隣に寄り添い「ごめんね、でも、すごく心配だったんだ」などと囁いてくる。そして、私の家につくと、持ってきた携帯ゲームをやりながら、私が食事を作るのを待っている。よっちゃんは私が作った食事を平らげて、お腹がいっぱいになると家に帰って行った。私はよっちゃんの家政婦だった。

よっちゃんは家に一人でいるのが嫌なので、年中私の家にやってきた。自分が持っている大きいゲーム機をリュックに入れて、私の家のインターネットに繋いで、ブラウザでエロサイトを巡るのを日課にしていた。よっちゃんは私の目の前でお気に入りのエロ動画サイトを見ている。私は「嫌だな」と思いながら口に出せないので、パソコンを立ち上げてブログを書いていた。

「うお！　これすごい！」

よっちゃんが声を上げるので、つい顔を上げて画面を見てしまった。そこには生魚をまんこに突っ込んでいる女性の画像があった。

「いやあああー！」

気持ち悪くて、思わず大声を上げてしまう。女が人としてではなく、ただの玩具として扱われているのは見るに耐えない。

「私の家で、そういうの見るのやめてよ！」

私が怒鳴るとよっちゃんも怒鳴り返す。

「うちにはインターネットの回線がないんだから仕方ないだろ」

よっちゃんがムキになっていう。

「じゃあ、回線引けばいいじゃん」

私も声を張り上げる。

「無理だよ、そんな金ねーし」

膨れっ面になり、私に迫る。

「だって、よっちゃん、新しいゲーム機を買うし、やってもいないソフトもたくさん買ってんじゃん」

私の言葉によっちゃんは激怒した。

「仕方ねーだろ！　毎日やることがない俺にとって、ゲームは生きがいなんだよ！」

私を壁に追い詰めて、今にも殴りかかろうとする。私は泣きそうになるが負けたくなくてよっちゃんの目を見つめる。

「もう、帰ってよ！　お願い、帰って！」

そう言ったら、よっちゃんはドアを勢いよく開けて帰って行った。でも、どうせ次の日にはまた来るのだ。よっちゃんに合鍵を渡していることを、ようやく後悔し始めた。

しかし、しばらくして、よっちゃんは自宅にインターネットを引いた。そして、ケーブルテレビにも加入したという。突然のことなので、驚いて話を聞くと、家にケーブルテレビの人が来て、加入を勧めてきたという。そして、契約内容を聞いてみると、インターネット回線はネットゲームができる高速のもので、ケーブルテレビもアニメが見放題の有料チャンネルに加入していた。月の支払いは数万円になっており、流石に払えるのか心配になった。

「インターネットはいいけど、せめて、もう少し安いのにしなよ。それに、有料チャンネルもやめたほうが良くない？」

「うるせーな。俺の勝手だろ。毎日暇なんだから、これくらいしないと飽きちゃうんだよ。それに、新規契約したら、ゲーム機くれたんだよ。パソコンとかもあったけど、やっぱり俺にはゲームだから」

俺にはゲームだから、というときのよっちゃんの顔はなぜか得意げで、少し鼻を膨らませながら答える。ゲームオタクであるという誇りがあるようで、ゲームのことを語っているときのよっちゃんは嬉しそうだった。

ある日、よっちゃんが突然こんなことを言い始めた。

「俺たちってさ、内縁の夫婦だよね」

よっちゃんは少し恥ずかしそうであり、嬉しそうにしている。学のないよっちゃんがどこでそんな言葉を覚えてきたのかと、私は訝しく思った。しかし、問いただした後に、またキレられたらたまらない。昔、漢字の書き順の間違いを指摘しただけで、激怒したことを私は忘れていない。

「そうなのかな。私は違うと思うけど」

当たり障りのない感じを醸しながら、やんわりと否定した。

「だって、俺たち、もう付き合って、八年くらいだよ。内縁の夫婦だよ」

体をクネクネとさせながら喋るよっちゃんは「夫婦」という単語に酔っているようだった。よっちゃんが結婚に対して、なんらかの憧れを抱いていることが意外だった。結婚したいなら、プロポーズでもすればいいと思うが、何もしてこないじゃないか。一応、自分が無職であり、私を養う能力がないということは理解しているのだろうけれど。

「あー、内縁の夫婦かー」

よっちゃんは、私の返事を待たず、さらに嬉しそうにしている。バカバカしくなりながらも、そういうふうに誤解しても仕方がない気がした。八年間も付き合いながら、結婚をしないなんて、周りの人から見たら、何か事情があって、結婚をしないのだと思われるだろう。

ただ単に、お金がないのと、私が別れる努力を怠っているだけなのだが。

よっちゃんの機嫌がいいので、私はそのまま放っておいた。よっちゃんとの関係が、本当の夫婦だったら、まだ我慢できるかもしれない。よっちゃんが外に働きに出て、私を養っているのなら、ある程度、理解ができる。私は人生で一番美しい二〇代から三〇代にかけてを、よっちゃんに費やしたが、得たものは、よっちゃんの女に対する無理解さだけだ。

以前、こんなことがあった。当事者向けの雑誌に、精神疾患になってから、精神保健福祉士の資格を取って、社会復帰した女性の記事があった。私は「本当にすごい」と感動し、よっちゃんにもその記事を見せた。そして、その記事から一年後、その女性は結婚して妊娠をし、仕事を一時的に離れているという記事が掲載された。それを見たよっちゃんは鬼の首を取ったように「資格を取って働いても、結局これだよ。結婚して仕事を辞めるなんて、やる気がないんじゃないの？」と嬉しそうに言うのだ。私は呆れてしまって、言葉が続かなかった。一から説明する気にもなれなかった。ただ、がっくりと肩を落とし、こんな人と付き合っている自分を恥ずかしいと思うだけだった。

私はデイケアに通う生活を続けていたが、よっちゃんはデイケアには行かないで、家でずっとゲームばかりしていた。デイケアが終わったら、俺の家に遊びに来て欲しいとよっちゃんに言われていたのだが、デイケアの友達に誘われて、ファミレスに寄った。よっちゃんからメールが来ていたが、食事が終わったら行くから、と返しておいた。それでも、しつこくメールがくるので、放っておいた。デイケアの友達と別れて、よっちゃんの家に向かう。私もよっちゃんの家の合鍵を持っているので、開けて入るとよっちゃんが布団にうずくまって唸っている。

「どうしたの、大丈夫？　具合悪いの？」

私がそういうと、よっちゃんは私の上に覆いかぶさってきた。

「俺がこんなに具合が悪くて大変なのに、お前は、楽しくファミレスで食事をしやがって！」

そう言って、私の首を絞めてきた。驚きと苦しさで声もあげられない。喉が圧迫されるのを感じながら、もしかして、私はこのまま死んでしまうのかなと考えた。いじめられていた過去や自殺未遂の記憶が走馬灯のようによみがえる。こんなところで、彼氏に首を絞められて人生を終えるなんて、私らしいじゃないか。生まれた時からクズだったけど、死に方までゴミのようだ。苦痛に歪むよっちゃんの顔を見て、死を覚悟した。しかし、しばらくするとよっちゃんはあっけなく手を緩めた。私を殺す勇気もなかったようだ。

「毎日、退屈で、寂しくて大変なんだよ……」

そうやって泣き出すよっちゃんを私はぼんやりと眺めていた。私だって、無職だし、退屈で寂しい。でも、デイケアに行ったり、講演会に出たりして、そうならないように努力している。よっちゃんは自分の状況を改善するために何の努力もしていない。

「今日は帰るね」

そういって荷物をまとめて、自分の家に帰った。よっちゃんといると、毎日とても疲れる。

私が一人でどこかへ出かけると、メールがひっきりなしに来るのだ。内容は誰といるのか、どこにいるんだ、いつ帰ってくるのか、そればかりだ。私は布団をかぶって眠りについた。

一人暮らしを始めたのに、全然穏やかじゃない日々で疲れていた。

一人暮らしを始めたよっちゃんのことをデイケアのスタッフも気にかけていた。せっかくクリニックの近くに住んでいるのに、デイケアに全く来ていないからだ。そんなよっちゃんを盛り上げるためか、大阪行きの講演会によっちゃんを抜擢した。

「良いホテルに泊まって、USJにも連れてってあげるから！」

そうスタッフにおだてられて、よっちゃんは行くことにした。私はよっちゃんが羨ましかった。デイケアの講演会は製薬会社がバックについているので、ホテルは一流だし、食事もかなり豪華なのだ。それに、講演会が終わった後は必ずどこかを観光する。精神障害者で収入のない私たちが旅行に行ける時なんて、講演会の時くらいだ。

いいところに講演会に行けるよっちゃんを寂しい気持ちで見送った。大阪に行っている間、よっちゃんからは一度もメールが来なかった。きっと楽しく過ごしているのだろう。私が講演会に行ってるときは、いやというほど、メールを送ってきたり、電話をかけてくるのに、自分が忙しい時は、一度もよこさない。よっちゃんが私にしつこくメールを送ってくるのは、私のことが好きだからではなく、自分が暇で寂しいからだけなのだ。

大阪から帰ってきたよっちゃんはご機嫌だった。USJで買った地球儀みたいな変な置物とクッキーをお土産に持ってきて「サラちゃんと一緒にいろいろな乗り物乗ったよ。スタッフから『エリコさんと別れてサラちゃんと付き合えばいいのに』って言われちゃってさあ。今度、サラちゃんとデートするかもしれない」とのたまったのだ。私はよっちゃんの嫉妬やストーカーみたいなメールをずっと我慢しているのに、サラちゃんとデートって何様のつもりなのだろう。

「もう疲れたから、今日は帰るよ。またね」

そう言って、お土産を置くと、よっちゃんは家に帰った。その後、スタッフからメールが来た。

「よっちゃんとサラちゃん、すごく良い感じで、今度、映画館にデートに行くらしいわよ」

ニコニコマークの顔文字までついている。私はその文面を読んで頭に血が上り、よっちゃんが持ってきたお土産をつかんで、走りながらよっちゃんの家まで向かった。絶対許さない、よっちゃんと何年間も我慢して付き合っているのに、この後に及んで浮気？　なめんじゃねえ。絶対にぶっ殺してやる。頭に血が上り、血液が沸騰しているみたいになった。頭の中にはよっちゃんを殺すことしかなかった。

よっちゃんの家のドアを合鍵で開けて、もらったお土産を勢いよく床に投げ捨てる。

「いっつも、しつこいメールしてきてるくせに、自分は大阪で楽しく遊んできて、サラちゃんとデートかよ！　ふざけんじゃねえ!!」

私はよっちゃんに殴りかかろうとしたが、自分より大きいよっちゃんを素手で殴っても相手は痛くも痒くもない。咄嗟に台所にある包丁を手にとった。

「うわあああああああ！！」

私は声を上げてよっちゃんの腹めがけて包丁を突き出した。その瞬間『バシン！』という大きい音が耳元でした。よっちゃんが私の頬を平手打ちしたのだ。私は包丁を投げ捨てて、泣きながら家に帰った。

よっちゃんは私より体が大きいし、体力もあるから、私のことを殺そうと思えば殺せる。以前首を絞められた時、あのままだったら私は死んでいただろう。私がよっちゃんを殺そうとしても殺せない。自分より大きいよっちゃんにはどうやったって叶わない。包丁を刺すこともできなかった。かすり傷すらつけられなかった。女の私はどうやっても、男には敵わないのだ。

私は泣きながら、よっちゃんの家を後にした。涙で街明かりが滲んで見える。虚しくて、惨めで、世界で一番、自分が情けない生き物の気がした。

私に殺意を向けられたよっちゃんだが、彼はいつもと同じように生活していた。当たり前のように、私の家に来るし、メールも電話も頻繁にくる。ある日、珍しくよっちゃんが私の家に来なかった。その夜、「サラちゃんと映画に行ってきた。結構楽しかったよ」というメールがきた。いちいち報告してくる理由がわからない。このままサラちゃんと付き合えばいいのにと思ったけれど、そうはならないようで、次の日になると、私の家にいつも通り、やってきた。この頃になると、言い争いが多くなり、怒鳴り合うことが増えた。

「このクソアマ！　お前は何様のつもりなんだよ！　俺に命令すんじゃゃねえ！」

よっちゃんが、壁に私を押し付けて、怒鳴り散らす。

「怒鳴らないでよ！　大体、ここは私の家なんだから、勝手に入ってこないでよ！」

負けじと応戦して、私も怒鳴り返すが、恐ろしくて、体がすくんでいるのがわかる。それに、この狭いアパートでここまで大声を出しているのは、確実に近所迷惑で、近隣住民から苦情が出ないか心配になる。

私は誰かと争うときに、ここまで大声で怒鳴り合ったことがない。よっちゃんといると、私は凶暴になり、怒鳴ることもできるし、殺そうという気持ちも湧いてくるから不思議だ。人間というのは、生まれ持った性質もあるけれど、誰かといることによって、影響を受け、性格が歪んでしまうことも多々あると初めて分かった。よっちゃんは、私を怒鳴りながらも、私から決して離れようとしない。ある日、泊まっていくというので、布団を二枚敷いて横になった。私はよっちゃんとできる限り距離を置き、顔を背けた。よっちゃんが私ににじり寄ってくる。

「ねえ、なんでそっち向くの？」

張り付いた笑顔で私に語りかける。

「それ以上、近寄らないで！」

私は全力で拒絶した。私の怒りが本気だと感じたよっちゃんは、それ以上近寄ってこなかった。私は少しだけほっとした。

私の前では最低なよっちゃんだが、男友達は数人いて、時々、遊びに行っていた。自転車に乗って、遠出をしたりして、楽しんでいるようだった。よっちゃんの機嫌がいいと、私の心も落ち着いた。

よっちゃんの男友達とは、同じデイケアなので、私も彼らに混ざって遊ぶことがあった。みんなで集まってテレビゲームをやったりするのは面白く、それはそれで、楽しい時間だった。ただ、その場にいる彼らは、私とよっちゃんがとても仲がいいと信じて疑わなかった。それに、私はデイケアで特別仲の良い女の子もおらず、よっちゃんのことを誰にも相談できなかった。

そもそも、自分が不当な扱いを受けているという意識も薄かったように思う。よっちゃんのことが嫌だという不快感を感じながらも、男性はそういうものなのだという考えがあった。AVを見せてくる私の兄や、母に暴力を振るっても罪の意識も感じない父親の元で育ったからだろう。

ある日、いつものように、よっちゃんは私の家にやってきた。そして、よっちゃんといつものように口論になった時に「合鍵をおいていけ！」と怒鳴ったらよっちゃんは、合鍵を畳の上に投げ捨てた。私は内心「やった！」と思って合鍵を素早く拾った。それからは鍵をかけて家に入れないようにした。よっちゃんから「家に行っていい？」というメールが来るけれど「来ないでください」と返した。

よっちゃんが家に来なくなってから、平穏な日常がやってきた。メールや電話もこなくなり、静かな日常がやってきた。よっちゃんのいない生活は平和で、穏やかだった。久しぶりに一人になって、私はようやく自由がいかに素晴らしいかを理解した。どこかに出かけるのに、よっちゃんにお伺いを立てることもなく、食事の出来を気にすることもない。ただ、外を出歩く際は少し、気を引き締めないといけなかった。なにしろ、よっちゃんは近所に住んでいるのだ。突然、遭遇するかもしれない。その時にどんな顔をして会えばいいのか分からない。

ある酷い雨の夜、私は少しお酒を飲みながら、ツイッターに「こんな雨の日にトイレットペーパーを巻きつけて雨に濡れている人がいたら面白い」と投稿した。自分が好きな不条理漫画で、そういうことをしているシーンがあったのだ。すると、三〇分くらいして、誰かが家のチャイムを押した。こんな日に誰なのだろうと不審に思って覗き穴を覗くと、トイレットペーパーを巻きつけたよっちゃんが立っていた。私はチェーンロックにしてドアを少し開けた。よっちゃんは半分溶けたトイレットペーパーを体に巻きつけて、ずぶ濡れのまま満面の笑みで私を見た。私のツイッターの通りの格好をしているところを見ると、私が笑ってくれると思っているのだろう。さらに、これから酷い台風がくるから、私が見かねて家に入れてくれると踏んでいるのかもしれない。私はずぶ濡れのよっちゃんを見て、爆笑した。

「あはははは！　早く家に帰んな。台風が来るよ」

そういってドアをバタンと閉めた。よっちゃんはようやく私から嫌われているということが分かったようだった。

それからというもの、よっちゃんから大量にメールが送られてきた。中には「グーちゃんの画像をあげるツイッターアカウントを作ったのでフォローしてください」なんてものまであった。グーちゃんとは、私が実家で一時期飼っていた猫なのだが、住んでいる団地の組合から「猫を飼うのをやめるように」というお達しが来て、仕方なくよっちゃんに里子に出した猫のことだ。私の元飼い猫を出してまで、私と繋がりたいというのにも呆れる。

しかし、何にも返事をしないでいると、自然にメールが来なくなった。いつの間にか連絡が来なくなって数週間たち、よっちゃんがいない平穏な日々が訪れた。自転車に乗って外に出た時、たまによっちゃんとすれ違った。私はギョッとしたが、よっちゃんは私に気がついているのか、いないのか、普通に歩いていた。よっちゃんを通り越して、目的地の激安スーパーに向かう。いつも、よっちゃんと一緒に行っていたのが懐かしい。私の中で、よっちゃんは少しずつ、過去の人になっていった。

よっちゃんと付き合ったのは寂しかったからだけど、今は一人でいられることの幸せを強く感じた。どこかに行くのによっちゃんの許可をとる必要はないし、誰かに会うのに怯えなくて良い。私はやっと幸せな生活を手に入れたのだと安堵した。

16

あなたには生活保護がいい

久しぶりに一人で暮らす毎日は、とても楽しかった。一人で食事を作って食べると自分に力が湧いて来たし、デイケアに通ってプログラムに参加するだけでも嬉しかった。しかし、そんな日々は一年ほどで終わりを告げた。父が定年退職をするので、実家からの送金が無理になったのだ。私はそのことをデイケアのスタッフに相談した。すると、スタッフはこう言った。

「あなたは生活保護がいいと思うのよ」

知識がない私は、生活保護のことをよく知らなくて、障害者が受けられる福祉サービスのひとつだと考えていた。実際のところは、障害者に限らず、貧困状態にある人が受けられる福祉サービスだとわかったのだけれど、生活保護受給者は世の中の人から蔑視の目を向けられる存在だということにしばらくして気がついた。

自分自身の中身は変わっていないのに、障害者に生活保護受給者という言葉が加わると、周りの目は変わった。デイケアの友人から「小林さんはナマポ（生活保護のネットスラング）

なんでしょ」と言われたし、市役所の役人の態度も酷かった。こちらの顔を見ずに書類を投げてよこすのだ。その時、実家で母の扶養のもと、障害者を続けている方がよかったのではないかと考えてしまった。生活保護を受けるような人生になってしまったのは、全てが私の責任ではなく、社会の情勢や家庭環境も影響するのに、このような状況に陥ったのはお前一人の責任だと言われている気がした。

特に辛かったのは、生活保護のケースワーカーが男だと言うことだった。生活保護受給中、ケースワーカーは一度変わったのだが、二人目のケースワーカーは見た目も強面で酒焼けをしているかのように真っ赤な顔をしている。そして、何度も「家に上がらせろ」と言ってくるのだ。生活状況を見るのも仕事のうちなのだろうけれど、成人男性を家に上げるのは抵抗がある。そう伝えると「自分には妻子がいるから大丈夫」だと言ってくるのだが、そんなものがいてもいなくても関係ない。

家の中という密閉された空間では、何が起きるかわからないし、体格と体力が男よりも劣る女であると、何をされても抵抗できない。それに、生活保護のケースワーカーと、受給者の私では立場が違いすぎる。あちらが強者でこちらが圧倒的な弱者なのだ。何も起こらないとしても、例えるなら、あちらがライオンでこちらがウサギ。私はいつ食われるのかと怯えながら過ごさなければならない。

私の友人で職場の男性にレイプされた女性がいた。その人は上司に密室でレイプをされたのだが、どこにも相談できない上に、職を失うのが怖くて、そのままその仕事を続けていた。その後、精神を病み、職場を退職した。

世の中でレイプ事件が起こり、被害者の女性が告発した時に、女性の方にも落ち度があったのではないか、という動きが出るのだが、そもそも、女性は「レイプされた」などと、公に言いたくはない。レイプは女性に恥の感情を植え付ける。そして、誰にもこのことを知られたくないと悩む。レイプされた後、散々考え続け、その結果勇気を出して告発したのに、なぜこちらに落ち度があると非難されなければならないのだろう。

それに、私は過去に男性から痴漢を受けたりしていて、男性への恐怖心が拭えない。そういう理由も理解してもらいたかった。

私は生活保護のケースワーカーから何もされなかったし、向こうもするつもりはなかったかもしれないが、こちら側の状況を考えて欲しかった。私も何度か生活保護課に「ケースワーカーを女性に変えて欲しい」とお願いしたが、取り合ってもらえなかった。

生活保護のケースワーカーの訪問を拒みながら、デイケアには参加していた。デイケアに通っていると、時々お客さんがやってくるのだが、ある製薬会社の営業が頻繁に訪れるようになった。その後、私の主治医はその会社の薬ばかり使うようになり、その会社が開発した統合失調症の新薬であるデポ剤を勧めるようになった。私だけでなく、他のメンバーも勧められるようになり、統合失調症に病名が変わった人が増えた。私もその一人だった。勧められるまま、デポ剤を打ったのだけれど、筋肉注射というのは本当に痛くて、打った後は夜まで臀部がジンジンした。その後、その製薬会社の講演会に薬の使用者として呼ばれるようになった。良いホテルに泊まり、料亭で美味しい料理を食べさせてもらったが、私は依然として生活保護のままだった。

その後、クリニックが新規事業として、お菓子屋さんを立ち上げた。その社員に私も選ばれた。長年仕事がなかったので、選ばれたことは嬉しく、パティシエの洋服を着て、クリニックのメンバーの前でお披露目をした時は嬉しかった。それと同時に、働きたくても働けない人たちの前で、このようなことをするのは心が痛んだ。

スタッフに話を聞いたところ、お菓子屋さんといっても、お菓子を作って販売するのではなく、お菓子を作っている会社から商品を下ろして公民館で販売するというものだった。私はその話を聞きながら、お給料はどの程度もらえるのか疑問だった。病院や社会福祉法人が運営する作業所だったら嫌だからだ。作業所の給料は時給が百円などのところが多く、生活するには到底足りない。スタッフに尋ねると「何言ってるの、あなたはちゃんとした社員なのよ」と言われたので、少し安堵した。

仕事初日、メンバーともに発注したお菓子を車に詰めて市役所に向かう。テーブルの上にお菓子を並べて、お客さんに声をかけて販売する。学生時代にしていたコンビニのバイトを思い出して、もう一度、働けることに喜びを感じた。

仕事は週五日勤務で、発注や在庫管理などを全てやったが、一ヵ月後のお給料は一万とちょっとだった。スタッフの話では利益から従業員の人数を割って出た金額だそうなのだが、この金額では食べていくことなど到底無理だ。私はスタッフに辞めたいと申し出たが「うちの会社には退職はありません」とむげに断られた。

私はスタッフに対して、強くものを言うことができないし、言いたくなかった。生意気なメンバーだと思われたら嫌だからだ。デイケアではスタッフの立場が上で、利用者の方が下になる。本来なら、利用しているメンバーの立場が上のはずなのだけれど、デイケアという場では私たちは力のない障害者なので、スタッフもそのように接する。メンバーに対して、○○ちゃん、などとちゃんづけして子供のように接するスタッフもいるのだ。

私たちの生きている社会には目に見えない階層がある。上にいるのは男の人、お金を持っている人、健康な人たちだ。その下には女や子供、そして障害者がいる。下にいる人は上の人たちに意見を言うことができないし、言っても受け入れてもらえない。子供の頃、人間は皆平等だと教えられたはずなのに、そんなことは全くなかった。なぜ、学校では本当のことを教えてくれないのだろう。

私は生活保護を受けながら、お菓子屋さんで働くことが受け入れられなかった。どう考えてもこの先、このお菓子屋さんで働き続けても、生活保護を脱出するだけのお金は稼げないだろう。そして、私は講演会によく呼ばれるようになり、クリニックのお菓子屋さんの事業と、新薬のデポ剤を宣伝することをスタッフから任せられた。講演会では当事者の意見と言うのは、信憑性があり喜ばれるのだ。しかし、私は自分で言っている気がしなくて言わされている気がした。デポ剤は体に合わなくて副作用で体がムズムズして、落ち着きがなくなった。そして、徐々に死ぬことを考え始めた。

新薬にしたせいで、以前飲んでいた薬をやめなければならなくなり、離脱症状が現れ、耳鳴りや頭痛が激しくなり眠ることができなくなった。しかし、講演会には行かなくてはならない。私は頭が爆発しそうになり、自殺を決意した。余っている薬を大量に飲み、意識を失い、気がつくと病院のベッドにいた。その後、デイケアを出入り禁止になり、お菓子屋さんは退職させられた。私は絶望の縁でほっとしていた。

退院した後は、しばらく実家に戻って母と暮らした。入院生活で体力が落ちて、外出することもままならない。二、三分歩いただけで激しく疲労し、一日中泣きながら寝ているだけだった。私は人生のどこで、道を間違えたのだろうか。こんな人生を望んだ覚えはない。私のような人間だって、望むような人生を生きていいはずだし、夢が全て叶えられなくても、いくらか満足のいく生活をしたい。私は人として劣っているかもしれない。能力が足りない部分もあるし、苦手なことも多い。けれど、能力がない人間も安心して生きていける社会こそが本当に強い社会だと思う。逆に落ちてしまったら這い上がれない社会では、人は神経をすり減らし、落ちるものかと歯を食いしばらなければならない。

実家から一人暮らしのアパートに戻り、また生活を始めた。振り込まれた生活保護費で食料を買い、一人で食べた。朝起きてもどこにもいく場所がなく、社会のどこにも所属していないというのは、死ぬことより恐ろしかった。学生時代の友人たちは仕事をしたり、結婚して子供を育てたりしているのに、私には何もない。私は地獄の只中にいて、賽の河原で石を積んでいるような気持ちだった。

一人で時々、近くの河川敷に散歩に行った。平日の昼間は人がほとんどいなくて、平和だった。季節は春を過ぎて少し汗ばむ。草むらに腰を下ろすと、子供の頃に見たのと同じ、シロツメクサやらオオバコなどの雑草が生えている。それらを手慰みとばかりにむしりながら、川向こうを眺める。たくさんの建物が立ち並び、工場からは煙が登っている。あそこでは生産的な生活が行われているのに、こちら側にいる私は何も生み出さず、ただ消費しているだけだ。泣きたいと思ったが涙すら出なかった。慰めてくれる人もいない私は泣けなくてよかったのだと自分に言い聞かせた。

デイケアは出入り禁止になったけれど、二週間に一回の通院は続けていた。ある日、待合室で、あるＮＰＯ法人が出している雑誌が目に入った。メンタルヘルスマガジンと銘打ったその雑誌は、私のような精神疾患の当事者向けの雑誌で、とてもためになる内容が書かれていた。私はその雑誌が気になり、自分は元漫画編集者なので、ここで働けないかと考えた。

勇気を出してＮＰＯ法人に電話をしたが「今は人を募集していないので」とあっけなく断られた。しかし、後日電話がかかってきて「うちのＮＰＯ法人には漫画を編集したことがある人がいないので、仕事をお願いしたい」と言われたのだ。

その団体はお金がないので、漫画の単行本を一冊出したら、報酬として一〇万円を支払うという。生活保護で何の仕事もしていない私は喜んでそれを引き受けた。漫画の単行本が完成するまではボランティアとして無給で働いた。お金が支払われなくても、仕事をしている自分はとても立派な人の気がした。

漫画の編集以外に、他の職員の仕事を手伝っていたら、しばらくして「非常勤雇用で働いてみないか」と言われた。私は嬉しくて胸が張り裂けそうだった。それからはＮＰＯ法人で働きながら漫画の単行本の編集を続けた。

時間はかかったが、漫画は無事に出版された。新聞や雑誌にも取り上げられて評判は上々だった。単行本が出た後も、私は非常勤雇用として働き続けた。しばらくして、生活保護廃止の決定が届いた。私は世界中に自慢してやりたい気分だった。

平日は仕事をして、休日はどこかに遊びに出かけるようになり、会えなくなっていた友達とも会えるようになった。私の世界は少しずつ、広がっていった。そして、久しぶりに恋人ができた。

その人は坂本さんと言って、私が作っていた「精神病新聞」というミニコミのファンだった。友人から坂本さんの存在を教えてもらい、ツイッターのDMでやりとりをして、初めて二人で会った。坂本さんは仕事をしながら絵を描いていて、個展やグループ展に参加しており、その界隈では有名な人だった。

坂本さんはバッグの中からスケッチブックを出して、私に絵を描いてくれと言ってきた。不思議に思いつつ、絵を何枚か描くと、満足げに坂本さんは手にとって、バッグにしまう。そして、私が出しているミニコミにもサインを求めてきた。サインなんて、滅多に描かないので、気恥ずかしい。坂本さんは、私のミニコミがいかに素晴らしいか褒め称えた後、ミニコミに描いた私の落書きを指差してこう言った。

「ここのこれ、天才じゃないですか！」

私は絵を描いている坂本さんにそう言われてビックリしてしまった。しかし、悪い気はしなかった。私は誰かに自分の絵を褒めてもらいたかったからだ。

坂本さんとの初めてのデートは六本木の森美術館だった。作品を一つひとつ丁寧に眺める。思えば、よっちゃんと美術館に行ったことは一度もなかった。よっちゃんは美術の類に一切興味がないので、芸術の話をしたことすらない。私が描いている絵を見ても褒めたこともなければ、感想を述べたこともない。思えば、よっちゃんは私という人間に興味がなかったのではないだろうか。彼女がいるという事実が彼の中での最大重要事項で、彼女が何に興味があり、何を夢見ているのかといったことは、二の次だったのだろう。

美術館を出た後、一緒に喫茶店に入ってお昼を食べた。私がピタパンを頼んで先に席に着いていたら、坂本さんは私の分のノンアルコールカクテルを運んできてくれた。私は思わずビックリしてしまう。よっちゃんが奢ってくれたことなんて、ほとんどない。前に付き合っていた人と比べるのは失礼かもしれないが、私はその差に激しく動揺していた。

よっちゃんと付き合っていた時は、自分のような人間と付き合ってくれるのは、よっちゃんくらいしかいないのではないかと思っていたが、そんなことはなかった。付き合っていて、嫌な相手だと感じたら、相手を変えればいいだけのことだと今更ながら気がついた。私はよっちゃんに働いてもらいたくて、就労支援事業所などを紹介したことがあったが、キレられて終わったことがあった。私がするべきことは、よっちゃんを働かせることでなく、働いている男性と付き合うことだったのだ。

デートが終わった後、坂本さんは駅の改札まで送ってくれた。そういうことも初めてで、私は坂本さんのことがどんどん好きになった。

仕事が終わったら、東京でデートをして、週末はお互いの家で過ごすようになった。二人でいろんなところへ行った。レオ・レオニや、佐々木マキの展示。カルトな映画を見に行ったり、古本屋さんをはしごしたりした。坂本さんの家で、私が食事を作り、彼がそれを嬉しそうに食べる。

「絵の依頼がきているから、ちょっと描いているね」

そう言って坂本さんは机に向かい、画板の上に和紙を広げて、蛍光のインクを垂らす。絵を学んでいない彼の描き方は独特だった。絵を描く坂本さんの姿を私は誇らしい気持ちで眺めていた。

「明日は、僕の友達がやっている展示を見に行きたいんだけど、いいかな」

坂本さんが手を動かしながら言う。

「もちろんいいよ」

私はスマホを眺めながら答える。しばらくして、絵を描き終えた坂本さんと談笑しながら明日に備えて眠った。

朝起きて支度をして、坂本さんの友達がやっている展示に向かう。ギャラリーは銀座の小さなビルの地下にあった。白い背景に大きな目をした女の子の絵が何枚も飾られている。形が崩れ、荒々しいタッチだった。お客さんは、私と坂本さんしかいない。作家と思われる女性が立っていて、坂本さんが話しかけた。私は坂本さんが私を紹介してくれるのを待ってい た。女性の方が、私の方を見て「あの方は……？」と坂本さんに尋ねた。私は彼女と紹介されるのをくすぐったい気持ちで待った。しかし、坂本さんの口から出た言葉は違った。

「連れです」

私は胸にグサリとナイフが突き立てられた錯覚に陥った。連れ？　連れって何？　何回もデートして、お互いの家を行き来して、体の関係もあるのに、連れ？

呆然としている私から興味が逸れて、女性と坂本さんは話を再び始めた。私は蚊帳の外に追いやられ、少ない数の絵を何回も見返し、そこに飾られている絵が全て暗記できるようになった頃、坂本さんが「行こうか」と声をかけてきた。「連れ」である私は坂本さんの友達に紹介してもらえなかった。

ギャラリーからの帰り道、メガネ屋さんの前を通りかかった。坂本さんはそこで立ち止まり、私にメガネをかけるように勧めてきた。私は目が悪いので、昔メガネをかけていたけれど、同級生に馬鹿にされてから、コンタクトにしている。それに、私自身、メガネ姿の自分はあまり好きではない。しかし、坂本さんが執拗に勧めるので、シルバーの細いフレームのメガネを手に取ってかけてみた。

「どう？」

私が笑いかけると、坂本さんは「違う」と言った。

「菅野さんはもっと、ダサいメガネをかけているんです。小林さんも、もっとダサいメガネをかけてください」

突然出てきた「菅野さん」という単語に戸惑いながら、坂本さんがよこしてきたメガネをかける。縁が太くて、茶色のべっこうみたいなもっさりしたメガネだった。私が仕方なくかけると、坂本さんは満足そうにしている。

「菅野さんっていって、アートのグループで活動している女性なんだけど、その人素敵なんですよね」

坂本さんが突然、私の前で、他の女のことを褒め始めた。これは、前にも体験したことがある。「美紀とやりてぇ」と下卑た顔で話すよっちゃんの残像が浮かぶ。しかし、坂本さんとよっちゃんは別人だから大丈夫だ、と自分に言い聞かせていたが、そうはならなかった。

「僕がもうちょっと若かったら、菅野さんと付き合っていたな」などと、寝転びながら話すようになり「こういう服を着てください、菅野さんもこういうのを着ているんです」と私に強要するようになった。

私は口先では「わかった」と告げたが、気持ちは穏やかではなかった。なんで私が会ったこともない女性の格好を真似しなければならないのか。イラつきながら、別れる気持ちになれなかったのは、坂本さんのことが好きだからでもあったし、坂本さんと別れたら、自分にはこの先がない気がしたからだ。私はもう三六歳になっていて、恋愛の対象になることがどんどん減っていく。それに、菅野さんのことがなければ坂本さんはいい人だった。私はグッと唇を噛んで我慢した。

17

一人で暮らしているだけなのに

夏休みは二人で伊豆に旅行に行くことになった。私も色々調べたが、坂本さんがすごく安い宿を見つけてくれて、予約をしてくれた。二人で海へ行ったり、お寿司を食べたりして、楽しく時間を過ごした。海辺ではしゃぎながら、好きな人と付き合うのがいかに楽しいことであるかを実感した。

休みが終わり、また、仕事に戻り、週末のデートが始まった。映画を見た後に、二人で食事をしている最中に坂本さんが口を開いた。

「エリコと一緒に暮らしたい」

私はその言葉を聞いて、口元まで運んでいた牛タンを落としそうになった。ビックリして坂本さんの顔を見る。

「一緒に暮らしたらいいんじゃないかと思う」

そう再び告げる坂本さんの顔は本気だった。私は涙をこぼしながら頷いた。好きな人からそう言われたことが嬉しくてたまらなかった。

二人で住む家を探すことになり、お互いの職場の中間地点の駅を探すのだが、二人の職場はかなり離れていて、物件探しは難航した。結局、坂本さんの仕事の方が朝早いからという理由で、坂本さんの職場に近い駅で物件を探すことになった。私の職場までは片道二時間かかることになり、少し不安になったが、私が出勤時間を遅らせてもらうように職場に掛け合って、なんとか決まった。

坂本さんの家に泊まった日、明け方、坂本さんがつぶやいた。

「エリコの子供が欲しい」

私はビックリして坂本さんを見つめた。坂本さんは好きな人との子供が欲しいということは当然のような顔をしている。

「いや！　子供は嫌！」

私は思わず大声を出して泣き始めた。そして、家に帰ってから、坂本さんに自分がなぜ、子供を産みたくないかをメールで伝えた。自分が幼い時に、実の兄から性虐待を受けていたこと、父も母も兄の性虐待から私を守ってくれなかったことを伝えた。坂本さんは「子供のことは一旦保留にしよう」と言ってくれた。この時、私は、自分が子供を産みたくないのは、兄からの性虐待が大きいと坂本さんに伝えたけれど、後から考えると、本当はもっと大きな別の問題があったように感じる。それは、子供を産んだら、私の人生が一八〇度変わってしまうということだ。

妊婦というのは社会的弱者だ。大きなお腹をしている女性にこの国はいい顔をしない。妊娠して、出産をして、以前のように働ける可能性は非常に低い。大抵の女性は、妊娠、出産をきっかけにして、職場を追われ、仕事に復帰できたとしても、正社員でなく、パートとして復帰する人が多い。女性にとって、子供を産むということは、これまで築き上げたキャリアを手放すということだ。

もちろん、パートである私が築いたキャリアなど、ないに近いかもしれないが、職場において、労働力になっているのは確かだ。妊娠出産を機に、一年間仕事を休んだら、職場はいい顔をしないだろう。それに、職場に復帰したとしても、子供の急な発熱や学校行事で、仕事を休むことが多くなるのは目に見えている。正社員であり稼ぎの多い坂本さんより、パートである私の方に育児の負担のしわよせがくるのは想像に難くない。今の社会は女性に育児と家事を任せて、男性には可能な限り働いてもらうという風土が定着している。もちろん、坂本さんはそこまで理解が及んでいないだろう。

それでも、私は坂本さんと一緒に暮らすことを諦めなかった。毎週末、物件を探し、ようやく二人が納得できる住まいを見つけることができた。私は通勤に二時間かかるという重荷を抱えたままだが、それでも、誰かと一緒に暮らしたほうが、今の生活よりも良いものになると考えていた。パートのまま、一人暮らしを続けるのは心許ないが、きちんと稼いでいる男性と結婚すれば、生活は今よりも向上するだろう。

仮契約を済ませた後、不動産屋から電話がかかってきた。なんでも、大家さんが未婚のカップルの同居を好ましく思っていないらしく、入居したら籍を入れて欲しいというのだ。なんとも変な話だが、まあ、そのうち結婚するから大丈夫だろうと考え直した。しかし坂本さんは少し不安そうな顔をした。

「まあ、もし、一緒に住んで、うまくいかなかったら、籍を入れる前に引っ越せばいいよね」

私はこの言葉を聞いて、ギョッとした。それは、うまくいかなかったら別れるということだろうか。もちろん、私も一緒に暮らすことになんの心配もないといえば嘘になるが、坂本さんは私と一生一緒に暮らすほどの覚悟が決まっていないのだろうか。子供が欲しいとまで言ってきたのだから、添い遂げるくらいの覚悟があると勝手に思ってしまった。もし、私が坂本さんの子供を産んで、うまくいかなかったら、坂本さんは簡単に別れるのかもしれない。そうしたら、私は一人で子供を育てるのだろうか。いや、子供のことはまだ決まってないけれど……。

結局、籍を入れるのが条件という物件に決めて、坂本さんの母親にアパートの保証人になってもらうことになった。

坂本さんの母親にご挨拶をすることになり、私は念入りに化粧をした。しかし、その時、アイシャドウを忘れてしまったことに気がついた。

「家にアイシャドウを忘れてきちゃった。なくても大丈夫かな」

「うーん、した方がいいんじゃない？」

私は坂本さんの言葉を受けて、財布を持って、近くのコンビニに走った。コンビニの化粧品は高すぎもしないが、安くもない。一五〇〇円程度のアイシャドウをレジで会計した。すぐになくなるものでもないだけに、少し痛い出費だった。坂本さんのアパートに戻って、袋を開けて、メイクを始める。

「アイシャドウ、いくらだった？」

「一五〇〇円」

私がぶっきらぼうに答えると、坂本さんは驚いていた。

「え！　そんなの、数百円じゃないの？」

「化粧品って、結構するんだよ」

私はイライラしながら答えた。男の人は、化粧をしろという割に、化粧品の値段を知らない。化粧が社会常識だというのなら、女の賃金に化粧品の代金を上乗せして欲しい。女の方が、身だしなみを整えるためのお金がかかるのに、女の賃金は安いのが現実だ。ブラジャーだって下着とセットのものを揃えるのに三千円、四千円かかる。生理用品だって毎月千円はかかる。頭の中で文句を言っているうちに、化粧が終わり、坂本さんの母親との待ち合わせ場所に向かう。坂本さんの母親は教師をしているというだけあって、しっかりした人だった。

なんとか無事に挨拶を済ませ、坂本さんと別れて自宅に帰宅した。その後、坂本さんから電話がかかってきた。

「お母さんが同棲するには、早すぎるからやめなさいって言ってるんだ」

私はビックリして、頭の中が真っ白になった。そういえば、坂本さんは私の病気のことを母親に伝えたと言っていた。それが原因だろうか。それとも、単純に一人息子だから、手放したくないのだろうか。

「じゃあ、物件はどうするの？　仮契約したでしょ？」

私がいうと、

「まだ間に合うから白紙に戻してもらうよ」

とこともなげに言った。

「でも、エリコとの交際を反対しているわけではないんだ。ただ、付き合って数ヵ月なのに、早すぎるって」

早すぎるも何も、同棲したいと言ってきたのは坂本さんの方じゃないか。私は怒鳴りたくなったが、グッと堪えた。ここで怒ってはいけない気がする。

「お母さんがそう言うなら仕方ないよね。うん」

そう言って電話を切ったが、私は悔しくて仕方がなかった。人生の大事な局面を、恋人である私にではなく、自分の母親に任せるということが許せなかった。男はいつまで、母親の息子でいるつもりなのだろう。成人して、恋人がいても、一番大切なのは自分の母親なのだ。私はずっと二番目の女なのだ。

その後も、坂本さんと交際を続けていたが、私は次第に心と体の調子を崩し始めた。涙が止まらず、体の節々が痛くなり、食事を取ることが困難になった。仕事が終われば、ずっと酒を飲み続け、酔っ払ったまま、坂本さんに電話をして、罵詈雑言をまくしたてた。うまくいくものはすっとうまくいくが、だめになったものは、もう二度と元には戻らない。

坂本さんと別れてから、眠れなくなり、頭の中が混乱しておかしくなった。そして、坂本さんが私の家に訪れなくなると、訪問販売がたくさん来るようになった。

荷物が届く予定でもないのに、玄関のチャイムが鳴るので、覗き窓から外を見ると、私服の知らない男が立っているのだ。私は怖くなって、部屋に引き返し、見知らぬ男が去るまで部屋の中で息を潜め、男が去るのを待った。それが一度だけなら良いが、何回もあるので、自宅にいるのにテレビも付けず、物音を立てないように過ごす日々が続いた。ずっと外に出て夜遅くに帰るという手もあるが、このような状況だと夜遅くに街中を歩くのも怖い。

私の住まいは古いアパートのせいか、防犯の観点からするとあまり良いとはいえず、玄関の脇に小窓があり、外にいる人が中を覗けるようになっていた。冬場は閉めているが、夏場は蒸すので少し開けているのが常だったのだが、ある日「貴金属買い取りますよ！」という声が家の中に響いた。玄関脇の小窓から中を覗いてこちらに話しかけているのだ。

私は怖くなって、家の中でじっとしていた。よっちゃんや坂本さんと付き合っていた時はこんなことがなかったのに、どうして急に始まったのだろう。私ははっと気がついた。男の出入りがあったから、訪問販売から逃れられていたのだ。男がいなくなって、ずいぶん経つ私の家は、女の一人暮らしの家として、格好のターゲットになったのかもしれない。

仕事から帰宅した時、玄関の入り口にあるプレートに油性マジックでバツが四つくらい書かれているのを発見した。なんだろうと不審に思ってそれを見ている時、ふと、テレビで見た訪問販売のテクニックを思い出した。販売員たちはここの住人がカモになったかどうかをプレートに書いて、販売員同士で情報共有するらしいのだ。私は除光液を引っ張り出して油性ペンで書かれた印をきれいに消そうとしたが、少し薄くなっただけだった。


不可解なことは立て続けに起こった。私の自転車が盗まれたのだ。アパートの一階に自転車置き場があり、私はそれにチェーンまでかけていたのに、自転車は忽然と姿を消した。働いているとはいえ、私はひどく収入が少ないので、自転車を盗まれることは大変な痛手だった。しかし、ここら一帯は自転車がないと不便なので、仕方なくホームセンターに行き、一番安い一万円程度の自転車を買った。だが、その一週間後、また自転車がなくなった。私はどうしたらいいかわからず、結局、そのままにして自転車のない生活を送った。もしかしたら、よっちゃんが復讐として、私の自転車を盗んだのではないかと思ったが、確証はない。

しばらくすると、警察から電話がかかってきた。橋の下に私の自転車が放置されていたのを発見したので、取りに来て欲しいというのだ。自転車を購入した時に保険に入っていたので、調べてくれたのだろう。しかし、戻ってきた自転車は一台目の方で、ひどくボロボロになっていた。私は礼を言って受け取ったけど、よっちゃんの仕業ではないかという想像が膨らんでいた。


訪問販売は相変わらず続いていた。今日も誰かが玄関のチャイムを鳴らすが、夜の九時過ぎなんて、荷物が届く時間じゃない。私は家の中で本を読んで無視を決め込んでいた。チャイムが止むと、ドアを激しくノックする音が響き渡る。それでも、私はドアを開けなかった。

「ウオオオラアアア！！」

突然、大声がして、玄関のドアを激しく蹴る音が住宅街にこだまする。恐ろしくなって、しばらくじっとしていたら、音は止み、人の気配もなくなった。もしかしたら、よっちゃんかもしれない。私は殺されるのではないかと恐怖で身を固めた。それから少しして、これは警察に届けた方が良いのではないかと思い、私は初めて警察に自分から電話した。

十年以上付き合った彼氏が近くに住んでいると話すと、警察の人は丁寧に対応してくれた。そして、今後、そういうことが起こったら、相手が去ってからでなく、すぐに電話をして欲しいと言われた。そして、これからそちらの家の周囲をパトロールするようにしますと言ってくれた。私は警察が守ってくれるなら大丈夫だと思ってほっとした。

それからは訪問販売の数が減ったのだが、次第に安心して街中を歩けなくなった。仕事から帰る時に、後ろを歩いている男の人がいると気になって仕方ないし、家に入る時は細心の注意を払った。そのことを職場の人に話したら「私の夫の男物のシャツと靴下をあげるわよ。男物を干してればなんとかなるわよ」と言われた。古い手段かもしれないが、私は受け取ることにした。そして、これみよがしに男物の服を干した。戦争が終わり、平和と言われている日本で、男の恐怖に怯えて、男物の服を干している自分がなんだかバカみたいだった。この国は全然、安全なんかじゃない。なぜ、一人で暮らしているだけなのに、こんなにビクビクしなければならないのだろう。

私はネットで、女性団体を調べて電話した。そして、近所に十年近く付き合っていた彼氏が住んでいることを話した。

「あなた、そんなの危ないに決まっているでしょ！　早く引っ越しなさい！」

私は叱られてしまった。

しかし、引っ越すと言ってもお金はそれなりにかかる。給料も少ないし、貯金も多くはない。それでも、私は引っ越しを決意した。ここにいたらもっとひどいことになると思ったからだ。

週末は物件を探しに出歩くようになった。次に住む家は防犯がしっかりしているところに住みたい。そう思って探しているけれど、オートロックのマンションなんて高くてとてもじゃないが住めない。自分が男だったら、ボロボロのアパートでも住めるのにと考えてしまう。仕方なく、不便な駅にある賃貸マンションにした。不動産屋に案内してもらった時に、「ここに住んでいたお年寄りが亡くなりましてね」と言われたのだけれど、人間なんていつか死ぬのだから、人が死んだ物件でもいいと思って契約した。

しばらくの間、引っ越しの作業に明け暮れた。ゴミを集めては捨てる作業をずっと繰り返した。荷物をなるべく減らしたいので、本はダンボールに詰めて古本屋にまとめて送った。洋服もどんどん捨てた。それでも一人暮らしのアパートは引っ越し屋さんの段ボールで一杯になった。


数日後、引っ越しの日になり、段ボールが引っ越し屋さんの手によって、どんどん運ばれていく。この日は母も手伝ってくれて、二人で何もなくなった部屋をきれいにしていると、不動産屋がやってきたので、合鍵を返した。私は自分用に合鍵を二本、母に一本、よっちゃんに一本渡していた。合計四本を返すと「こんなに、合鍵持ってるんだ〜。ずいぶん、いろんな人がここにきたんだね」と不動産屋のおじさんはいやらしそうな目で私を見た。本当に下品な目つきと声だったので、吐き気がした。仮に私がいろんな男をここに連れ込むビッチだったとしても、それがどうしたというのだ。それに、男はたくさんの女と関係を持つことは一種、尊敬の目で見られるが、女はそうならない。そういう女の侮蔑語が多いのがそれを物語っている。

イライラしながら、契約を終えたアパートを去り、新しいマンションに移った。もう誰も私の家の玄関のドアを叩かないのだと思うと久しぶりに安堵した。

引っ越してから、市役所に行って、転出届を出しに行った。その近くでは婚姻届を出すところがあり、若いカップルが何組かいた。私はその人たちを眺めていると虚しい気持ちになった。私は結婚をしたいと思ったことがなかったけれど、女の身辺の安全は男がいないと守られないということに絶望していた。安全に暮らすには高い物件に住めばいいが、高収入の女なんてそんなにいない。結局、女は男に庇護してもらうのが一番なのだ。そう気がついたら、自分の中の何かがポキリと折れる音がした。

引っ越しを終え、新しい住居に必要な家具や家電を買い揃え、安定した生活を送ろうと努力したが、溜まった疲れを放置していたため、気持ちがどんどん不安定になっていく。

眠れない日が続くようになったが、それでも我慢して仕事に通い続けていたら、私は徐々に精神に異常をきたした。激しい妄想に襲われ、家を裸足で飛び出し、突然友達の家に押しかけた。その後、お金を持たぬままタクシーに乗って家に帰り、会社の人が呼び出された。実家から母が来たのだが、私は母を殴り、家の近くにある老人ホームに無断侵入した。そして、警察に保護され、措置入院となった。

精神病院の窓から、外を眺めながら、私は妄想の世界にいた。自分のことを天皇だと思い込んだり、自分の胸は手術によって取り付けられたのだと思ったりした。他の人からしたら、意味のわからない妄想だが、その時のそれは私を社会から守ってくれていた。しかし、治療が始まり、薬を飲んで、主治医との診察が始まると、妄想は少しずつ解けていった。数週間すると退院が決まった。私の人生はまだ終わらないでいた。

18

そこにはフェミニズムがあった

退院した後も、私は体力が戻らなくて、とても苦労した。そして、頭の中では坂本さんへの恨みや憎しみが溜まっていった。そんなおり、友人の一人からフェミニズムの本を勧められた。私のフェミニストのイメージは昔、テレビによく出ていた田嶋陽子だった。テレビ番組で男に向かってビシバシと本音をいう、いわば「可愛くない、女らしくない女」というものだった。フェミニズムについて知らない私でも上野千鶴子の名前くらいは聞いたことがあるが、学者が書いた本を頭の悪い私が理解できるのだろうか、という不安があった。しかし、読んでみないと何も始まらないので、ネットで『女ぎらい　ニッポンのミソジニー』を注文した。

本が届き、読み始めると面白くて止まらなくなった。読んでいる最中、始終頭を鈍器でガンガンと殴られているような気分だった。なぜ、私は自分の問題である女の問題にここまで無関心でいられたのだろう。そして、今まで自分が歩んできた人生の苦労や不幸が全て「女である」ということに凝縮されているのだとやっと気がついた。今まで暗雲が立ち込めていた真っ暗闇の世界に光明を見た気がした。

男にとって女は何であるか、ということが私は長いことわからないでいた。自分が痴漢の被害にあったり、付き合った男性からセックスばかり求められたりしても、私はその事実から目をそらし続けていた。男にとって、女はただの穴なのだ。ペニスを入れるための穴。発情のための道具。ただ、それだけ。世の中には男性のための性風俗がたくさんあるが、それを利用できるということは、セックスには愛は必要ないということの証明だろう。

思えば、私が初めて付き合った男性は、私のことなど好きじゃなかった。もし、本当に好きだったのなら、彼女が喜びそうなところへデートに連れて行くし、アクセサリーのひとつもプレゼントしたであろう。ピンクローターをプレゼントしてくるという行為自体、私を性的な玩具であるとみなしていることに他ならない。それに、あの頃の私は、いわゆる男性から好かれるタイプの女ではなかった。髪の毛は男と見間違えるくらいのショートヘアであったし、化粧のひとつもしていない。彼が私に近寄ってきたのは、無料でできる穴の女だったからだと思う。

じゃあ、なぜ私は穴であることを許したのだろうか。それは、男から性的なものとして見られたいという欲望があったからだ。この社会で価値のある女というのは、男から求められる女、性的価値のある女だ。私は初めてセックスをしたいと思われたことに喜びを感じていた。こんな私でも男を欲情させることができるのだ、と。

しかし、私の根底には怒りがあった。私は彼にとってただ一人の約束された相手のはずなのに、私が作る食事をまずいと言い、目の前でスーパーの惣菜を食べ、デートといっても大した場所へ連れていってくれなかった。私は体を提供するだけの娼婦ではなく、恋人の立場が欲しかったのだ。けれど、相手は結局、私のことを最後まで娼婦として扱った。私が自殺未遂をして精神病院に入院した時、彼は私を捨てた。抱けない女に価値はないのだ。

彼は私のアパートによく来ていたけれど、自宅には女がいた。女がいるとはっきりと言わなかったけれど、自宅に一度もあげなかったこと、自宅の最寄り駅すら教えてくれなかったことを思うと、女がいたのだと思う。男らしい男とは何か？という問いに対して、出てくることのひとつに「女とたくさん遊んでいる男」というのがある。彼にとって私はただの遊びであり、たくさんある所有物のひとつであった。


女がたくさんの男と関係を持つと「ヤリマン」や「ビッチ」などひどい蔑視の言葉が出てくるが、男になると違う。「プレイボーイ」や「色男」などが挙げられる。「英雄色を好む」なんて言葉もある。男にとって勝利と女はセットになっている。社会的成功を収めた男はたくさんの女を囲い、最高に美人の妻を持つことが誉とされる。そして、美人の妻というのはお金がかかり、それを所有することができるというのは、男にとって成功の一例と言える。

元アメリカ大統領のドナルド・トランプなどが良い例だ。妻のメラニア夫人はトランプより二〇歳以上も年下で、元モデルである。あまりにも分かりやすい男の成功の形だ。

男が男として認められるには、男の承認が必要とされている。

「男なのに、酒が飲めないのか」

「男なのに、女ひとりいうことを聞かせられないのか」

「男なのに、喧嘩もできないのか」

男の後についてくる言葉は、暴力であったり、自らの強さをアピールする言葉だったりする。それができない男は「男ではない」とされ、ホモソーシャルな集団から迫害される。男たちは男らしさを示すために、色々な逸脱行為や暴力行為を繰り返す。

姫野カオルコが書いた『彼女は頭が悪いから』という小説は、フィクションだが、実際に起こった東大での集団暴行事件をモデルにしている。一人の女性を男性たちが嘲笑い、肛門に割り箸を突っ込み、カップラーメンの汁を頭からぶっかけるシーンなどが描かれている。そして、そこには一人の女性を馬鹿にすることによって、自分達の優位性を確認している行為が見て取れる。

私の母が一時期、私に執拗に化粧を勧めてきたことがあった。そして、「左目が小さいから整形をしろ」とまで言ってきた。美人だったら無職だろうが、馬鹿だろうが、男に好かれる。男と結婚してしまえば、女の社会的地位は安定するのだ。

母の世代はほとんどの人間が結婚をした世代で、もちろん母も結婚した。母の時代の幸せは恋愛した男と結婚することだった。しかし、私の目から見た母は不幸だった。それでも、娘に結婚を迫る母は、まだ、女の幸せが結婚によってしか与えられないと思っていたのだろう。しかし、それもあながち間違いではない。結婚していないと一人前でないという社会の意識は根強くある。

私の世代は女性でもある程度の学歴を求められたが、少し前の世代になると「女は大学になどいかないほうがいい」という考えがあった。頭の良い女は男から嫌われるからだ。男という生き物は非常に面倒くさく、自分より学歴が高い女、頭の良い女は好きではない。常に自分が女より高い位置にいないと気が済まないのだ。

私の父も随分と母のことを馬鹿にしていた。「こんな言葉も知らないのか」「お前は頭が悪い」じゃあ、何でそんな相手を選んで結婚したのか。理由は至極簡単で、バカな女だから選んだのだろう。自分が気持ち良くなるため、自分の立場が上だと再確認するために、そういう女を選んだのだ。

そして、気に入らないことがあれば手を上げる。体力的に男より劣る女は耐えるしかない。父がなぜ、すぐ殴るのかを深く考えたことがなかったのだが、もしかしたら、父は自分の怒りや苛立ちを言語化する能力が欠けていたから、手を上げていたのかもしれない。本当にバカだったのは父の方だったのではないかと思う。

私が殴られる母を見て学習したことは「母のようにはならない」であった。母親を反面教師として、絶対に結婚などしない、頭の良い女になると決めていた。しかし、悲しいことに母の願いは娘が結婚することなのだ。

なぜ、男たちは自分を偉いと思っているのだろうか。それは、父を頂点とする家父長制の家で育ったことが大きいと思う。そのような家族制度の中で育てば、自然とそのような考えになるだろうし、息子である彼らは女の兄妹よりも教育にお金をかけてもらえる。何事も長男が優先され、他のものは後なのだ。

そして、家父長制の原点を考えると、天皇制のことも関わってくる。天皇家はまごうことなき家父長制の一族だ。女は決して天皇にはなれない。しかも、天皇家では女が外に嫁ぐと、一般人になってしまう。フェミニズムの言葉に「個人的なことは社会的なこと」という言葉があるが、裏返せば「社会的なことは個人的なこと」なのだ。天皇制を後生大事にし、女性天皇に必死に反対する識者がいることを思うと、女の地位などこの国では底の方なのだと自覚せざるを得ない。

男女雇用機会均等法は一九八五年に制定され、一九八六年に施行された。それまでは職場で男女の不平等がまかり通っていた時代である。女はお茶汲みや、男性の仕事のサポートに従事しなければならなかった。しかし、男女雇用機会均等法が制定されても、本当に男女が平等になったとは言い難い。当時の総合職の女性に求められたものは「男子社員並みの業績も上げながら、女性社員としての気配りも忘れない」であったという。

林真理子のデビュー作『ルンルンを買っておうちに帰ろう』で忘れられないエピソードがある。何でも、職場の上司が自宅から味噌や味噌汁の具を持ってきて、彼女に毎日作るようにと言ってきたのである。かなりびっくりするエピソードだが、当時はそれが当たり前だったのだろう。

女性は、男並みに働くことを要求されながら、女としての配慮も要求される。まして、結婚をしたら家事と育児もこなし、仕事と両立させなければならない。そんなスーパーマンみたいなことができるわけがない。

私は自己嫌悪としてのミソジニーを抱えている。はっきりいって私は女が大嫌いだ。男の視線に合わせて自分の姿形を変え、媚を売らなければならない。就職活動の時に、就活メイクなる謎のメイクをし、ヒールのあるパンプスを履かなければならない。どんなに仕事が面白くても、結婚をして、妊娠したら産休に入らなければならないし、産休が明けたとしても、自分の席が保証されている確約はない。

子供を育てるために時短勤務を余儀なくされ、責任ある仕事から外されるようになり、パート労働を引き受けるようになる人も多い。子供を育てるということは夫婦が共同で行うものであるはずなのに「男は仕事、女は家事育児」という呪いはいまだに解けていない。結婚をしない選択をしたとしても、稼げる仕事につけるのは一部のエリートの女性だけで、大抵は非正規の労働に押しやられている。そんな女が自分の生活を安定させるためには、もう、結婚しか残されていないのだ。男に依存しなければ生きていけない現代社会は本当に女にとって幸せなのだろうか。


女は弱者であるけれど、よっちゃんも男社会では弱者である。しかし、弱者とは言え、女よりは強い。よっちゃんは私の首を締めることができ、私を殺すことだって可能だ。それに引き換え、私はよっちゃんに傷一つつけられなかった。DVを受けている女性が男から逃げられない理由の一つには体力的な問題も大きく関わっている。

私は男性社会で負けてしまったよっちゃんを、可哀想な人だと思っていた。そういう人をあからさまに差別してはいけないし、負けてしまったからといって、馬鹿にしたり可能性を否定してはいけないと考えていた。それに、私自身が精神障害者で、無職なのだから、彼に対して、働けとか、私を養えなどと言うのはおこがましい気がしたのだ。

しかし、よっちゃんは私がそんなことを考えていたとは露程も知らないだろう。ただ、能天気に「エリコさんは自分のことが好きだから付き合っている」と考えていたと思う。「俺って、イケメンだよね」と時々確認してきていたあたり、自分の男性的魅力で、女を勝ち取ったと考えていたと思う。

しかし、彼は、私の体重が増えて、醜くなった時、私とセックスするのをやめた。それを思うと、彼の思考が透けて見えてくる。社会的弱者であるよっちゃんですら、醜い女は女としての価値がないと思っているのだ。自分の容姿や社会的価値を棚に上げて、女性を選別しているのである。ここに非モテ男の傲慢がある。女性を選別しながら、自分は非モテという「弱者」であると唱えるのはロジックとしては間違っている。そして、非モテの男性では、それを訴えるために事件を起こすものまでいるが、女性で非モテを理由に事件を起こしたものはいない。

よっちゃんは自分がアダルトコンテンツを使うことに全く疑問を持っていなかったし、それを目にしたことがない男性はいないといっていいだろう。AVでは女性たちがモノのように扱われており、そのジャンルも多種多様だ。少しインターネットを覗けば、様々な単語が現れる。巨乳、妹、女子高生、人妻……、男性たちの性欲を満たすために、網羅しないものはないというくらい様々なシチュエーションやジャンルが溢れており、それだけでも、男性の性欲に対して、この社会が寛容であるということが窺える。

しかも、街中には風俗店が溢れ、お金を払えば、実際の女性の体を自由にすることができる。そういうものを利用しない人でも、それらの風俗店があるという事実は安心材料になっているだろう。風俗店だけでなく、キャバクラやスナックなど、女性がお酒を提供する店は街中に溢れている。そこでは、女性と普段接することができない男性も、お金を払うことによって、会話をし、心地よい空間を提供してもらえる。

もちろん、女性にもホストクラブはあるが、男性のそれに比べれば数はグッと少ないし、利用したことがある女性も少ないだろう。それに比べて、キャバクラは敷居が低く、会社の付き合いなどで行く人も多い。不思議なことに、男性は女性を介して会話をすることが男性同士の絆を深めるようだ。女を性的客体とし、その女を媒介し、自分は性的主体だと確認し合うことが男らしさだとされている。

私がずっと抱えている問題のひとつに、家族による性的虐待がある。自分が被害者であることから、関連する本をたくさん読むようになった。

父にとって娘は絶対に触れてはならない禁忌の体である。しかし、娘の体は愛する妻を形取ったものであり、愛するには容易いものであることは想像がつく。その一線を越えるか、越えないかは、父親の理性だけに任されている。娘の方には選択権がない。体も小さく、家の中にしか、居場所がない娘には逃げ場所などないのだ。その一線を越えてしまった父を持った娘は、長い間、苦しむことになる。しかし、このことは長い間、ずっと隠されてきた。父が娘を犯す、兄弟がその姉妹を犯すというのは、現実的にあり得ないことだとされていたのだ。

ジュディス・ハーマンという精神科医に『心的外傷と回復』という本がある。これはPTSDについての本であるが、作者のジュディス・ハーマンはフェミニストである。ハーマンが行ったのは、家庭内における男性による暴力の暴露だった。家庭内で性暴力を受けた女性たちはベトナム戦争から帰還した男性たちと同じPTSDの症状を持っていた。悪夢をみたり、記憶障害になったり、ヒステリーと言われる症状を表すようになった。女性たちは家庭内において、戦争の前線にいるのと同じくらいの恐怖を味わっていたのだ。性暴力というのは、それくらいの破壊力を持って女性たちを苦しめる。そして、それが、長い間、隠されていたのは、男性にとって、都合が悪いからだった。

性犯罪者たちは、ずいぶん長いこと、その罪から逃れてきた。私が電車で痴漢にあったり、夜道で暴漢に襲われたりしても、警察は何もしてくれなかった。強盗や殺人は徹底的に調べ上げられ、犯人を探し出すのに、性犯罪においては、加害者に対して異常なまでに優しい。伊藤詩織さんの『Ｂｌａｃｋ Ｂｏｘ』を読めばわかるが、警察はほとんど捜査に協力をせず、それどころか、被害者がより一層傷を深めるようなことをする。レイプされた時がどういう状況だったか、人形を使って、本人に再現させたそうだ。想像を絶する苦痛である。当たり前であるが、性犯罪は男性の方が起こす割合が高い。社会的強者である男性の方が起こしやすい犯罪であることは想像に難くない。女性よりも体が大きく、筋肉もあり、社会的地位も高いのだから、当然と言えば当然である。被害者が訴えてもいとも容易く潰すことができるのが男性なのだ。

女性たちは長い間、不条理を抱え込み、口を閉じて生きてきた。ことを荒立てず、おとなしくしていたほうが利口だと思っていたからだ。しかし、それは違う。押し黙り、我慢することによって、女の道は少しも歩きやすくならず、障害だらけのままになってしまったのだ。誰かが口火を切り「これは間違っている」と発言し、社会に石を投げなければ、私たちの後を歩く女性たちは、また、同じ苦しみを背負わなければならない。

フラワーデモや#MeTooの動きを見て、心が沸きたった女性は多いだろう。「私もそうだった」と、声を上げるのは勇気がいることだ。しかし、声を上げなければ、どこにも届かない。そして、自分のような苦い体験を後の世代に味わわせてはならない。立ち上がり、間違っていることは間違っていると声をあげよう。そして、後に続く女性たちが歩きやすい道を作っていこう。そして、女性差別について、ともに戦ってくれる男性が現れてくれることを祈る。女性差別とは、結局は、差別する男性側の問題なのだ。

世の中を変革するというのは、長い時間がかかり、痛みを伴う作業だ。しかし、その先には、今よりもっと良い、何かがあると信じている。人々の多様性を認め、生きたい人生を生きることができる社会。生まれた性別によって未来が決められるような不条理がなくなることを夢見ている。

エピローグ

「私、上野千鶴子はずるいと思うのよ」

私より一回り年上の女友達が、タバコの煙をくゆらせながらこう言った。仕事終わりのお好み焼き屋で、ビールを飲みながら、私は次の言葉をつなげなかった。私の母と同じくらいの彼女は、フェミニストが発する「女性の解放」というものが「ずるい」ものに映るくらい、制約の多い人生を歩んできたことは、想像に難くない。

その女友達は数年前に病気で亡くなってしまったが、今の社会に訪れているフェミニズムの波を、もし生きていたらどう受け取っただろうか。

今、フェミニズムは大きなうねりをもって、社会に受け入れられている。記憶に残るものでは、#MeToo運動が挙げられる。SNSを使って、さまざまな女性たちが「私も性被害に遭った」と声を上げた。ハッシュタグは盛り上がり、たくさんの男性による性被害がインターネット中に広まった。私は勇気づけられながら、自分の性被害をSNSに書き込む勇気はなかった。私はまだ、怖かったのだと思う。初めて夜道で暴漢に遭った翌日、交番に行ったけれど、何もしてくれないどころか「ここいら辺はよく痴漢が出るんだよね」の一言で片付けられてしまった過去が心に焼き付いていたからだ。

伊藤詩織さんは、仕事を紹介してもらう予定の男性から、食事の際に大量のお酒を飲まされ、ホテルに連れて行かれ、レイプ被害を受けた。そのことは著書『Ｂｌａｃｋ Ｂｏｘ』に詳細に書かれている。伊藤さんも、やはり警察からひどい対応を受けており、人形を使ってレイプの状況を、警官の前で再現するように求められたシーンは、読んでいて胸が苦しくなった。

セカンドレイプを受けながら、加害者に罪を認めさせるために行動を起こす伊藤さんを尊敬しながら、伊藤さんのようになれなかったたくさんの女性たちのことを思う。男性の罪を断罪したくても、しない方がいいというのは、罪のあるなしを決めるのが男性たちで、それに歯向かうとろくな事にならないと女性たちが知っているからだろう。

私が高校生の時、たくさんの友達が痴漢に遭っていた。道を歩いていたら、突然胸を触られた子もいた。「ひどい目にあった」と怒っている子もいたし、こんなこと大した事ないと、笑い飛ばす子もいた。まだ子供の私たちは、大人の男性に敵わないということが痛いくらい分かっていて、なかったことにして流すしか術がなかったのだ。

#MeToo運動でさらに明らかになったのは、荒木経惟氏がモデルに行なっていた性虐待、ギャラの未払い、撮影に同意書がないなどの問題だ。何人かのモデルが告白をし、本人がネットにその経緯を明らかにした。荒木経惟は、私も好きな写真家だ。写真展にも行ったことがあるし、写真集も買ったことがある。荒木経惟は、いわゆるエロスを題材にした写真家で、女性を裸にし、紐で縛ったりした写真なども撮る。自分の妻とのセックスシーンを写真に収めて、それを写真集にもしている。

私は荒木氏の撮る写真を美しいと思うが、恐ろしいと思うこともある。『荒木経惟写真全集』の第一巻の表紙は、まだ小学生くらいの幼い少女なのだが、妙に色気がある。私はその写真を見た時、とてもいけないことをしている気持ちになった。まだ、十歳やそこらの少女に欲情するなど、してはならないからだ。

しかし、荒木氏には幼い少女が男を誘うようなエロスを漂わせていると見えたのだろう。それを理解すると、物事がストンと腑に落ちる。荒木氏は女性の方が、俺を誘っていると勘違いしたのではないだろうか。性虐待も、裸の強要もそう考えると合点がいく。そこに、日本を代表する写真家という彼の地位を考えれば、断れる女性は少ないだろう。荒木氏の写真がモデルとの合意のもと、公私混同しないで撮られた写真だったら、日本を代表する写真家として胸を張って良いが、事実を知った今となっては、日本の悪しき風習を世界に知らしめた負の遺産とも取れる。彼の作品はたくさんの物言わぬ女性たちの上に成り立っていたのだ。

#MeToo運動の後に火がついたのは、#KuToo運動だ。女優の石川優美さんが、葬儀場でアルバイトをしていた際、ハイヒールを履くよう命じられた経験をもとに、ヒールを強制するのはおかしいと声を上げた。#KuToo運動では三万名が署名し話題を呼んだ。

少し、私のハイヒールの経験を話したい。私がヒールを初めて履いたのは、短大の入学式の時だった。スーツを着て出席するので、足元はヒールがいいだろうと、自分で考えて、買いに行った。初めて履いた時の感想は「ずっとつま先立ちをしている感じ」だった。そして、ヒールを履いて歩いた時、とても歩きにくくてビックリした。底が平らな靴と、ヒールのある靴では歩くときの足の動かし方が違うのではないかと思い、母にどうやって歩いたらいいのか聞いた。

「膝は曲げないで、太ももの付け根から足を動かすとよい」と教えてもらって、一人で練習した。ヒールが細いものは立っているのがやっとなので、私はものすごく太いヒールにしたのだが、それでも歩き続けていると、つま先が痛くなってくる。感想としては「これは人間が履くものではない」ということだった。しかし、ヒールを履くと、自分が少し大人の女性になった気がして嬉しかったのも事実だ。

それから、短大生の時は、時々そのヒールを履いた。そして、太いヒールならなんとか長時間歩けることが分かり、そういった靴を選んで履くようになった。しかし、スニーカーや底が平らな靴を履いている時の方が圧倒的に多かったと思う。しかし、就活の際は、イヤイヤながら履いていた。低いヒールの靴だったが、それでもつま先や足裏に痛みを感じた。

#KuToo運動の話に戻るが、二〇一九年に上野千鶴子氏がTwitterで「#KuTooの署名広告が朝日新聞九月二〇日付に掲載。上野も認定NPO法人ウィメンズアクションネットワークも参加しました。わたしは重度の外反母趾、ハイヒールの靴は全部捨てました。こんな不自然な靴を美しいと感じて履いているなんて野蛮だと思う」とツイートしたところ、〝はるかぜちゃん〟が「好きでヒールを履いている人のセンスまで野蛮呼ばわりする行為の方がよっぽど品がないし野蛮だわ」と引用ツイートした。

私はこの意見に関しては、上野氏を支持したい。もし、男性もヒールを履く文化があるのなら、はるかぜちゃんの意見は正しいけれど、履いているのは女性だ。私は、ヒールを履いた時、自分が女性らしくなったと感じたけれど、それは、私の感覚なのではなく、自分の中にある、男性の視点がそうさせたのだと考えている。痩せていることも、ヒールを履くことも、ミニスカートを履くことも、男性の視点を通しての美しさではないだろうか。ヒールに関しては、男性から「ヒールを履く女性は美しい」と思わされていると私は考えている。好きでヒールを履いているように思っていても、実は女達は男達からヒールを履かされているのではないだろうか。

もちろん、私も若い時にミニスカートを履いたことがあるし、ダイエットに励んだこともある。それは、男性の思う「女性」になりきること、もっと分かりやすく言えば、女装することを楽しんでいるのだ。

平成三一年の東大祝辞を行なったのは、上野千鶴子だった。上野氏は、祝辞で、東京医科大の不正入試について触れた。何も祝辞で触れなくても良いのでは?という声も上がったが、私はそれで良いと思った。東大という最高ランクの学府に入学できるものたちは、この先、官僚や、大企業に勤めて、人や社会を動かす立場になるのだ。その時に、その人物に差別の根が深く根付いていたら、たくさんの人間が不幸になる。それに、東大に入学した女子学生たちには、これから先、たくさんの差別が待ち受けている。祝辞にも述べられていたが、東大の女子学生は、大学名を尋ねられた時、「東京の…大学」と言って言葉を濁すそうだ。男性なら「東大」と言えば、尊敬されるのに、女性ではそうならない。男性は頭のいい女性を嫌う。それを女の子は子供の頃から理解しているから、男の子よりも前に出ないように気を遣う。そうやって、一歩譲って生きてきたのが日本の女性だ。

大学においても、東大女子が入れないサークルがある。私も早稲田大学の友人から「早稲女だと入れないサークルがあるんだよ」と教えてもらった。いつからできたのか分からないローカルルールだが、それを守っている人がいる限り、永遠に続いていく。誰かが「それはおかしい」と声を上げないと、変革は訪れない。そして、今、その時が来ていると実感している。

私は昨今のフェミニズムの動きにはＳＮＳの影響力が強いと感じている。インターネットは全ての人間にフラットな場であり、どんな人間も意見を書き込むことができ、それを発表することができる。TwitterやFacebookなどのＳＮＳを媒介すれば、たくさんの人の目に止まる。

インターネット以前の時代では、力のある人しか発言力がなかった。政治家、芸能人、作家。何かしらの地位にある人間でないと、メディアは声を拾わない。そして、何かしらの地位になるには、男性である方が有利なのだ。女性作家も長いこと差別されていたと聞くし、政治家なんて、ほとんどが男性だ。インターネットがない時代の弱者は声を拾ってもらうことができなかったが、今は違う。

森喜朗氏が日本オリンピック評議員会で「女性がたくさん入っている理事会は時間がかかる」「誰か一人が手を挙げると、自分も言わなきゃいけないと思うんでしょうね」などと、発言し、その後の謝罪会見では逆ギレとも取れるような会見をした。

私は、そのニュースを見て「ああ、やっぱり日本はダメだ。こういう発言をする人間が居座ることができるのが、今の社会なんだ」とがっかりした。しかし、その後、ドイツ大使館やフィンランドやスウェーデンなどの各国の大使館が「＃dontbesilent（沈黙しないで）」のハッシュタグをつけて、挙手をしている写真をアップしたのだ。このツイートを見た時、私は本当に嬉しかったし、また押し黙ろうとした自分を恥じた。黙り込んでこの場をやり過ごすという行動を取ってきたことが、差別を蔓延させる環境を作り続けてきたのだ。

私たち女性は、男性より体力が劣り、直接、戦うにはとても不利だが、インターネットを介してなら、ある程度の安全が保てる。これからのフェミニズムはインターネットと共に、発展していくだろうし、インターネットを介して、新たな繋がりと、動きが現れるだろう。もちろん、インターネット上には匿名であることをいいことに、フェミニストに対して攻撃的な輩もたくさんいる。あまりに過激なものに対しては法的な措置を取ってもらいたい。

二〇一九年にはフラワーデモが始まり、実際に女性たちが街角に立ち、性暴力の廃止を訴えている。声を出さずにいた女性たちが、ようやく声をあげる時代が到来した。

表立った暴力や差別は比較的、社会に受け入れられるが、もっと根深いところはどうなのだろうかという疑問が残る。家父長制という悪しき制度は、いまだに根深く残り、いばり散らす夫や父親の下で小さくなっている者は多い。

日本では、離婚した後、養育費を払わない男性は八割にのぼるという。諸外国では、養育費は給料から引かれたり、代わりに国が支払うのだが、日本ではそのような措置は取られていない。

離婚した後の女性は大概が貧困に追いやられている。養育費が支払われないのに、女性に与えられる仕事は非常勤のパート、介護や保育士など、給料の安いものばかりである。女性の貧困がまるで自己責任のように言われているが、結局は、男性が自分の子供への責任を果たさず、国ですらそのことを問題視しない。フェミニズムに「個人的なことは社会的なこと」という言葉がある。離婚して、子供を抱えているシングルマザーが陥っている貧困は、個人的なことではあるけれど、社会全体に繫がっている。この国を覆う男尊女卑の思想が、現代のシングルマザーの貧困を生み出しているのだろう。

レイプなど、今現在、法的に罰せられることなら、声をあげて訴えられるが、法整備されていない事については、声を上げても無視されることが多い。夫婦別姓も、いまだに認められておらず、アフターピルはいまだに薬局で手軽に買えない。

法律を変えるのは、とても骨が折れることだ。それが、男性にとって都合のいい法律なら尚更だ。これこれ、こういう理由で法律を変えて欲しいと伝えても、それを受け取る側が男性なのだから、なかなか変えてくれない。日本ではまだ、女性の首相は生まれていないばかりか、女性議員の数は二〇％程度にとどまっている。

女性が心から生きやすい社会がやってくることを願うが、まだまだ、遠いと感じる自分がいる。

不当なことを不当と言い、間違っていることを、間違っていると言う。そんな当たり前の権利はずっと、女性から奪われてきた。これからも声を上げ続けよう。それが、今を生きる私たち女性の役目だ。私たちの後を生きる女性たちが生きやすいように。そして、その社会は男性も生きやすい社会になるはずなのだ。男性に課せられた、男らしさというものは、決して男性にとって心地よいものとはいえない。でこぼこだらけの社会が平坦になり、男と女が互いに尊敬し合える社会が到来するのを夢見ている。

小林エリコ（こばやし・えりこ）

1977年生まれ。短大卒業後、エロ漫画雑誌の編集に携わるも自殺を図り退職、のちに精神障害者手帳を取得。現在は通院を続けながら、NPO法人で事務員として働く。ミニコミ「精神病新聞」の発行終了後は、フリーペーパー「エリコ新聞」の刊行を続けている。また、漫画家としても活動。著書に『この地獄を生きるのだ』『生きながら十代に葬られ』（共にイースト・プレス）、『わたしはなにも悪くない』（晶文社）、『家族、捨ててもいいですか？』（大和書房）などがある。

私《わたし》がフェミニズムを知《し》らなかった頃《ころ》

2021年5月15日　初版

著　者　小林エリコ

発行者　株式会社晶文社

東京都千代田区神田神保町1-11　〒101-0051
電話　03-3518-4940（代表）・4942（編集）
URL https://www.shobunsha.co.jp

印刷・製本　株式会社太平印刷社

ISBN978-4-7949-7262-0　Printed in Japan